KB122790

딸아, 연애를 해라

딸아, 연애를 해라

류수연 지음

교보문고

이런 세상에 연애라니?

우리는 사랑을 원한다. 누군가를 사랑한다는 것, 누군가로부터 사랑받는다는 것만큼 행복한 일은 없기 때문이다. 서로 주고받는 사랑을 보여주는 가장 뚜렷한 관계는 연애다. 하지만 연애를 둘러싼 오늘날의 풍경은 그리 아름답지만은 않다. 스펙 쌓기와 취업난, 학자금 대출에 불안정한 일자리, 높은 줄 모르고 치솟는 물가와 집값의 압력이 우리를 꼼짝 못 하게 만들었다. 이런 시대에 사랑이라니? 연애라니? 생각하는 것조차 사치인 것 같다. 게다가 데이트 폭력과 성범죄의 두려움은 이 세상의 딸들이 연애를 망설이도록 만들고 있다.

그런데 어쩌자고 나는 이 책에서 여성들에게 연애를 하라고 외치게 된 걸까? 사실 내가 경험했던 연애들은 그리 완벽하지도, 아름답지도 않았다. 마구 퍼주거나 한없이 이기적이었던 내 사랑은 냉탕과 온탕을 빠르게 오갔다. 몇 번의 연애 뒤에 남은 것은 상처뿐이었고, 서툰 마음은 나를 지치게 만들었다.

하지만 놀랍게도 연애는 나에게 상처만큼이나 많은 선물을 주었다. 이별 앞에서 서럽게 매달렸던 기억, 상대에게 상처를 주고 돌아섰던 잔인했던 시간, 이유도 모른 채 멀어져 어느 순간 남이 되어버린 관계를 겪으며 나는 다른 사람과의 만남을 조심하면서도 두려워하지 않는 어른으로 성장할 수 있었다. 그 덕분에 지금은 가장 사랑하는 사람과 인생을 함께하고 있다.

지난 연애에서 얻은 또 다른 기쁨은 '연애'라는 것이 단순히 남녀관계만 뜻하는 게 아니라는 깨달음이다. 누구보다 스스로를 아끼는 나 자신과의 연애, 일과 인생을 즐길 줄 아는 방법을 찾는 연애처럼 사랑이라는 감정이 전제하는 모든 것이 연애 그 자체이며 연애해야 할 대상이었던 것이다.

이 책을 쓰면서 나의 오랜 연구 주제였던 연애를 텍스트

나 미디어가 아닌 현실의 눈으로 바라보려 노력했다. 그러면서 숨쉬기 곤란할 정도로 행복할 때도 있지만, 상처받을 수도 있는 연애의 모든 순간을 두려워하지 않는 사람이 사랑할 수 있다는 사실을 다시 한 번 확인했다. 그리하여 비록 이런 세상이지만 연애로부터 얻을 수 있는 것들을 외면하지 않길 바란다. 그리고 연애가 두렵고 낯선 모든 사람들이 아낌없이 사랑하고, 의심 없이 사랑받고, 누구보다 자신을 사랑하는 존재가 되는 데 이 책이 조금이나마 도움이 됐으면 좋겠다. 무엇보다 그들 가운데 내가 사랑하는 두 딸이 함께 빛나기를 진심으로 바란다. 그런 마음으로 세상의 모든 딸들을 향해 이 책을 썼다.

이제 결혼한 지 16년이 되었으니 지금껏 내가 연애한 시간보다 결혼 기간이 이제는 더 길다. 착한 딸, 좋은 아내, 훌륭한 엄마보다는 인간 류수연으로 사는 날이 더 많았다. 누군가에게 좋은 사람이 되기보다 스스로에게 가장 좋은 사람이고 싶었기 때문이다. 그런 나를 이해해준 가족에게 사랑과 감사를 전한다. 덕분에 이 책을 쓸 수 있었다. 특히 나의 남편 장홍모에게 이 말을 해주고 싶다. 우리만큼 자주 싸우고 또 사이좋은 부부도 없을 겁니다. 지금처럼 잘 싸우고 뜨겁게 사랑합시다. 그리고 사랑하는 딸 아현, 시현. 엄마보다 더 능동적이고 주체적으로 자기 삶과 사랑을 쟁취하는 여성으로 성장하길 바란다. 사랑한다. 오랜 시간을 함께 한 고진영, 김명임, 박정자, 박준애, 박향희, 서진숙, 유영주, 이선명, 이은경, 정미영의 우정은 학자로서의 삶과 류수연의 삶 모두를 충만하게 만들어주었다. 고마움을 전하고 싶다.

　마지막으로 나에게 가장 뜨거운 영감을 준 문정희 시인께 감사드린다. 직접 뵌 적은 없지만 그의 시와 글은 가장 가까운 곳에서 여성으로서의 내 삶에 많은 지침을 주었다. 더 많은 독자들의 삶 가까이 그의 시가 다가가길 바란다.

류수연

차례

머리글_ 이런 세상에 연애라니?

 연애를 망설이는 딸에게
— 연애를 시작하기 전에 알아야 할 것들

2부 연애를 시작한 딸에게
— 연애할 때 놓치지 말아야 할 것들

1부

연애를 망설이는 딸에게

연애를 시작하기 전에
알아야 할 것들

연애하지 않을 권리

연애가 가장 거지 같았어요

'봄날엔 세상에 온통 사랑의 열기가 가득하다. 저마다 자랑하듯, 저마다 뽐내듯이 피어나는 꽃들을 보면 나도, 사랑을 하지 아니하고는 못 견디겠다.'

용혜원 시인의 〈봄날엔〉의 일부다.

꽃이 피고 날이 따뜻해질수록 자꾸만 밖으로 나가고 싶고, 누군가와 함께하고 싶어진다. 흔히 봄을 탄다고 하는, 사랑하고 싶은 마음이 가득해지는 시기가 온다. 이맘때면 어김없이 거리에서 버스커버스커의 '벚꽃 엔딩'이 울려 퍼진다. 흐드러진 벚나무와 따뜻한 바람, 파란 하늘과 함께 이 노래를 들으면 반짝이는 행복을 느낄 수 있다.

하지만 이런 설렘 따위는 필요 없다며 봄은 벚꽃이 아니라 황사가 찾아오는 계절이라 부르짖는 노래도 있다. 십센치의 '봄이 좋냐'가 그것이다. 4월 1일 만우절에 발매한 이 노래는 달달한 것들은 다 부숴버리겠다는 듯 앨범 재킷에 와장창 깨진 캔디를 가득 넣었다.

'꽃이 언제 피는지 그딴 게 뭐가 중요한데. 날씨가 언제 풀리는지 그딴 거 알면 뭐 할 건데. 추울 땐 춥다고 붙어 있고, 더우면 덥다고. 니네 진짜 이상해. 너의 달콤한 남친은 사실 PC방을 더 가고 싶어 하지. 겁나 피곤하대. 봄이 그렇게도 좋냐, 멍청이들아. 벚꽃이 그렇게도 예쁘디, 바보들아. 결국 꽃잎은 떨어지지. 니네도 떨어져라. 몽땅 망해라.'

노래는 멍청하고 바보 같은 커플들에게 몽땅 망하라며 질투와 시기심이 담긴 귀여운 악담을 퍼붓는다. 벚꽃 피는 봄날 윤중로 근처에도 가기 싫은 솔로의 마음을 이보다 잘 대변하는 노래가 있을까?

'벚꽃 엔딩'처럼 달달한 연애가 하고 싶은 사람도 있지만, '봄이 좋냐'처럼 연애 따위는 필요 없는 사람도 있다.

"내 인생에서 연애가 가장 거지 같았어요."

이 말처럼 모두의 연애가 행복한 것은 아니다. 격렬하게 싸우며 서로에게 상처 주고, 처절하게 버림받거나 가루가 날릴 정도로 자존감이 분쇄되는 연애도 있다. 때로는 연인의 범위를 넘어 엄마이자 누나이자 여자 친구가 되어주길 원하는 상대와의 연애도 있다. 이런 연애를 마친 사람에게 사랑은 지긋지긋한 감정 노동에 불과하다.

연애를 버리는 용기

'사랑이라거나 연애라거나 하는 것에 복무하는 이들이 일종의 노동자에 불과하다는 사실이었다. 다양한 통로로 물질 교환이 일어났으며 권력 관계가 조성되었고 결국에는 어느 한편이나 쌍방의 착취로 관계가 종료되기까지 끊임없이 성실과 근면을 강요받았다.'

김금희 작가의 장편소설 〈경애의 마음〉에서 남자 주인공 공상수는 사랑이나 연애도 일종의 노동일 수 있다고 말한다. 게다가 두 사람 사이에 존재하는 권력과 착취를 짚어내며 연애의 민낯을 보여준다.

우리는 연애를 통해 몰랐던 내 모습을 보게 된다. 조금 더 자세하게 말하자면, 사랑에 실패한 다음부터 자신을 더 많이 알게 된다. 이별의 상처는 나의 가장 못나고 추한 부분들을 드러나게 만든다. 침대에 누워 그저 울기만 하거나, 몇 날 며칠을 술독에 빠져 허우적거리거나, 그 자식에게 복수하겠다며 현실 가능성 없는 시나리오를 머릿속에 그리거나, 모든 사람들과 연락을 끊고 잠적해버리거나, 그의 집 앞에 찾아가 구질구질하게 매달리는 모습이 그러하다. 이런 상처를 또다시 겪고 싶지 않은 사람들은 이렇게 외친다.

"다시는 사랑 안 해!"

우리의 연애가 늘 완벽할 수는 없으며, 모든 인간이 연애에 최적화된 것은 아니다. 이 세상에는 연애 말고도 우리를 즐거움으로 채워줄 관계가 무궁무진하다. 그러니 나에게 상처 주는 연애는 뒤도 돌아보지 말고 버려야 한다. 나를 아프게 하는 것은 사랑이 아니다.

사랑에 데였다고 인생까지 데인 것은 아니다. 그러니 우리는 어떤 방식이든 지옥 같은 시간을 지나 조금씩 열기를 빼면서 원래의 일상으로 돌아갈 준비를 해야 한다. 중환자실에서 일반 병실로 옮긴 환자처럼 비틀거리며 조금씩 세상 밖으로 자신을 다시 내보내는 것이다. 하지만 연애의 상처 때문에 트라우마를 겪는 사람들은 쉽게 좌절하고 상처받는 사람이 되고 만다.

이럴 때는 인생에서 연애라는 카테고리를 잠시 삭제하거나 보이지 않게 숨겨놓는 결정도 필요하다. 연애를 버리는 용기는 시간이 지나 또다시 뜨거운 열기와 불길을 퍼부어도 끄떡하지 않을 튼튼한 방화복을 입게 되면 제대로 된 연애를 할 수 있는 용기로 바뀔 수 있으니 말이다. 그러므로 그들의 고독을 불행이라고 함부로 착각해서는 곤란하다. 그들이 누군가를 다시 사랑하게 되어도, 혹은 자신의 고독을 지속하더라도 그것은 오롯이 자신의 행복을 위한 결정이니 말이다.

나는 나와 연애한다

연애는 두 사람이 함께 행복해질 수 있는 균형을 찾아가는 과정이다. 이렇게 연애에서 '같이의 가치'를 찾아 행복한 사람도 있지만, 혼자 노력하고 헌신하는 연애에 지친 사람도 많다. 이들에게 연애는 기쁨이 아니라 다른 사람을 위해 자신의 인생을 미루는 버거움이다. 이렇게 나를 짓밟는 연애는 과감히 그만둬야 한다. 다른 사람을 위해 살아가는 사랑을 계속하는 동안에는 지독한 고독과 자괴감에 시달릴 수밖에 없다. 그러므로 나 아닌 다른 사람을 위해 연애해서는 안 된다. 연인과 사소한 일로 다투고 감정싸움을 반복하느니 오롯이 나만의 시간을 갖고 나를 사랑할 시간을 주는 용기도 필요하다.

그래서일까? 저마다의 이유로 연애를 버리고 홀로의 삶을 선택하는 사람들이 있다. 비혼을 넘어 비연애 시대에 들어선 최근에는 많은 이들이 자의든 타의든 '나홀로'를 선언한다. 그런데 "이제부터 내 인생에 연애는 없다"라고 말하는 사람들을 바라보는 세상의 눈은 아직 변하지 않았다. 자발적 비연애의 가장 큰 이유를 '눈이 높아서'라고 생각하는 것이다. 그러니 연애를 안 하는 것이 아니라 못하는 것이라고 단정해버린다.

연애는 마땅히 해야 하는 것이 아니다. 사랑할 이유를 찾지 못해 혼자만의 시간을 선택한 자발적 홀로는 자기 자신을 제대로 바라보고 온전히 사랑할 수 있는 기회를 주는 것이다. 그러니 사랑이 무겁고 버거울 때는 모든 걸 내려놓고 나 자신과 만나자. 둘이 함께라서 행복한 사람도 있지만 오롯이 혼자일 수 있어서 행복한 사람도 많다. 나 자신과 만나는 시간이 커질수록 앞으로 만나게 될 연애와 인생 등 모든 것이 달라질 것이다. 그러니 우리는 내 인생 안에 나만의 시간을 충분히 쌓아야 한다. 연애는 그다음이다.

혼밥(혼자 밥 먹기), 혼영(혼자 영화 보기), 혼행(혼자 여행 가기)이 요즘은 참 흔하다. 카페나 식당, 영화관에서 혼자 즐기는 사람들을 쉽게 볼 수 있고 세계 곳곳의 여행지에도 혼자 온 여행자들이 많다. 심지어 최근에는 나 홀로 결혼하는 '싱글 웨딩'까지 생겼다. 결혼할 생각이 없는 사람들이 웨딩드레스나 턱시도를 입고, 결혼식 메이크업을 받아 전문가와 웨딩 촬영을 하는 것이다. 인생에서 가장 아름다운 모습을 남기고 싶은 사람들이 싱글 웨딩을 선택한다고 한다. 연애가 아니어도 '홀로' 충만할 수 있는 세상이다.

그런데 혼연, 즉 혼자 연애하는 사람은 찾을 수 없다. 연애는 두 사람이 서로를 그리워하고 사랑해야 성립할 수 있는 관계이니 혼자 하는 연애는 당연히 불가능할 수밖에……. 이렇게 생각했다면 오산이다. 혼자 하는 연애도 얼마든지 가능하다. 혼자서도 충분할 정도로 감정적으로 만족하는 삶을 사는 것, 그게 바로 혼자 하는 연애다.

혼자 하는 연애는 자기의 진짜 모습을 들여다볼 수 있는 시간을 준다. 이 세상에서 나의 솔직한 마음을 가장 잘 알고 깊게 바라볼 수 있는 사람은 누굴까? 태어나는 순간부터 죽을 때까지 평생을 떨어져 있지 않고 함께하는 존재는? 쉼 없이 나를 바라보고 모든 감정의 순간을 온전히 지켜보는 것은 누구일까? 그것은 이 세상의 유일한 존재, 바로 나 자신이다. 나와 가장 친밀한 사이이자, 내게 소리 높여 아름답다고 말해주며, 충분히 행복할 권리를 가졌다고 응원해주는 가장 소중한 사람은 바로 나다. 이런 사람과 연애한다면 늘 풀리지 않아 머리 아팠던 마음의 숙제도 해결할 수 있다. 나를 가장 완벽하게 이해해주는 대상을 사랑할 기회이기 때문이다.

연애는 우리가 맺는 수많은 관계의 일부다. 그것은 절대적이지 않다. 이 관계는 선택할 수도 있고, 선택하지 않을 수도 있다. 연애의 중점을 다른 사람과의 만남에 두면 시간이 지날수록 연애는 어려운 시험이 된다. 연애의 중점을 나에게 두면 서로의 삶을 높이는 건강한 만남을 지속할 수 있다. 그래서 우리는 누구보다 먼저 나와 연애해야 한다. 인간은 누구나 행복할 권리가 있다. 지금 연애 때문에 스트레스 받는다면 '연애하지 않을 자유'를 선택하는 데 주저하지 말자. '나와 연애하는 행복'을 만끽하자.

있는 그대로의 나를 안아주고 나를 사랑하는 법을 알게 됐다면, 이제 다른 사람을 사랑할 준비가 된 것이다.

'연애를 하라'는 책의 첫 글이 '연애하지 않을 권리'라는 사실이 아이러니하겠지만, 나를 사랑할 줄 아는 사람만이 다른 사람을 사랑할 수 있다. 먼저 나에게 커다란 애정을 건네자. 그러고 나서 다른 누군가와 연애하자.

동화 속 사랑은 발로 차버려라

과연 그들은

오래도록 행복하게 살았을까?

할리우드 배우 키이라 나이틀리는 어느 토크쇼에 출연해 자신의 어린 딸에게 몇몇 디즈니 영화를 보여주지 않는다고 말했다. 디즈니 작품 속 여성상이 자신의 가치관과 다르기 때문이라는 것이다. 그녀는 딸에게 시청을 금지한 만화에 관해 이야기했다.

"신데렐라는 부자인 남자가 자신을 구해주기를 기다려요. 그게 말이 되나요. 스스로 구해야죠."

이 말을 들은 방청객들은 키이라에게 뜨거운 박수를 보냈다.

"인어공주도 보여주지 않아요. 만화 속 노래는 정말 훌륭하지만, 인어공주처럼 남자 때문에 목소리를 포기해서는 절대 안 돼요."

왕자의 구원을 기다리는 디즈니의 수동적인 캐릭터에 반대한다는 키이라의 발언은 많은 공감을 얻었다. 나는 어린 시절 동화를 읽으며 자랐다. 동화는 모두가 꿈꾸는 아름다운 세상이었다. 공주는 왕자를 만나고, 나쁜 사람은 벌을 받고, 위험은 이겨내고, 문제는 해결됐다. 결국 모두가 행복해지며 거의 모든 동화가 '그들은 오래도록 행복하게 살았습니다(Happily ever after)'라는 말로 끝맺었다.

어렸을 때는 동화책 마지막 페이지의 이 클리셰가 행복의 방식이라고 생각했고, 여자아이들은 너도나도 동화 속 사랑을 꿈꿨다. 하지만 여자로, 딸로, 엄마로, 아내로 살면서 동화의 진짜 모습이 내가 알던 것과 너무도 다르다는 걸 깨달았다. 동화에서 왕자의 키스는 행복으로 가는 마지막 단계다. 그런데 이 한 장면을 위해 많은 폭력과 차별이 아무렇지도 않게 벌어졌다. 멀리서 보면 희극이지만 가까이서 보면 비극이라는 찰리 채플린의 말처럼, 멀리서 보면 아름다운 동화지만 가까이에서 보면 너무 무서운 세계였다. 과연 동화 속 여성들은 정말 오래도록 행복하게 살았을까?

여성에게 가장 잔혹한 이름, 동화

백설공주는 성에서 쫓겨나 자신의 힘이 아닌 일곱 난쟁이의 도움을 받아 살아간다. 왕비의 계략으로 독사과가 목에 걸린 백설공주를 구해주는 것은 다른 나라의 왕자다.

신데렐라는 새어머니와 언니들의 온갖 구박을 받으며 살다가 요정이 도와준 덕분에 유리 구두의 주인을 찾는 왕자와 결혼한다.

〈미녀와 야수〉 속 벨은 아버지를 살리기 위해 사랑하지도 않는 야수의 성에 들어가 산다. 그의 무시무시한 외모와 난폭한 행동 뒤에 따뜻한 인간의 마음이 있다는 것을 알게 된 벨은 야수를 진심으로 사랑하게 된다. 그러자 마법이 풀리며 야수는 왕자로 변하고 두 사람은 행복한 얼굴로 춤을 춘다.

이들 동화는 모두 여주인공이 사랑을 얻어 행복해지는 것으로 마무리한다. 그러나 우리가 실제로 동화 속 주인공이 된다고 생각하면 이보다 더 잔혹한 일은 없을 정도로 지금껏 많은 동화가 여성의 사랑을 억압하고 무시해 왔다.

〈백설공주〉와 〈신데렐라〉는 '예쁘고 착한 여자가 고난을 겪으며 살다가 왕자(사회적 신분이 높거나 부유한 남자)를 만나 행복을 얻게 된다'라는 틀에 박힌 플롯을 그대로 보여주는 동화다. 여자가 스스로 할 수 있는 것은 거의 없는 가부장적 시스템이 군림하는 동화 속 세계에서 백마 탄 왕자를 꿈꾸는 것은 사랑이라기보다는 절박한 생존에 가깝다. 동화는 우리가 어린 시절 생각했던 것처럼 달콤하고 낭만적이지 않다.

동화 속 사랑이 끔찍한 또 하나의 이유는 동화의 세계가 여성보다는 남성에게 훨씬 관대하기 때문이다. 〈미녀와 야수〉를 보자. 저주에 걸려 야수로 변하기 전 왕자는 한마디로 폭군이었다. 높은 신분과 아름다운 얼굴을 가졌다는 이유로 교만했고, 타인의 고통을 전혀 이해하지 못했다. 그는 자신의 기분에 따라 행동하는 난폭하고 잔인한 인물이었다. 그로 인해 마녀의 저주에 걸려 야수가 되었다.

왕자가 받은 진짜 벌은 겉모습이 추한 야수가 된 것이 아니라 진실한 사랑을 찾는 것이다. 비록 아름다운 얼굴을 잃고 성에 갇혔지만, 진실한 사랑을 찾는다면 언제든 원래 모습으로 되돌아갈 수 있다. 그에게 운명처럼 아름답고 현명한 여인 벨이 찾아오고, 그녀와의 사랑을 통해 그는 다시 행복해진다. 이런 과정을 본다면 그가 받은 벌은 진정한 의미의 형벌은 아니다. 가슴이 얼어붙은 냉혈한이던 그에게 진정한 사랑을 찾게 해주었으니 오히려 일종의 축복에 가깝다. 이렇듯 왕자와의 결혼으로 끝맺는 동화는 여자아이의 판타지를 자극하지만 맨얼굴은 남성에게만 관대한 모습이다.

여기 야수와는 다른 악인이 있다. 신데렐라를 괴롭히고 그녀의 모든 것을 빼앗으려 한 두 언니다. 타인의 고통을 이해하지 못한다는 점에서 그녀들은 야수가 왕자였을 때의 모습과 꼭 닮았다. 그들은 이기적이고 사악했다. 때문에 새에게 두 눈이 파여 영원히 앞을 볼 수 없는 벌을 받았다.

어떤가, 형벌의 차이가 느껴지는가? 왕자는 야수가 되어 진정한 사랑을 얻어야 한다는 벌을 받았고, 언니들은 두 눈을 잃었다. 야수는 자신의 죄를 깨우치고 거듭날 수 있는 충분한 시간과 기회를 받았지만, 두 언니에게는 다시는 원래대로 돌아갈 수 없는 벌이 즉시 내려졌다.

행복은 오직 불행 위에서만 빛난다

우리가 아는 동화 속 여주인공은 늘 착하고 예쁘다. 그녀들은 세상의 폭력과 폭언에 시달리면서도 무조건 착하고 예쁜 모습만 보여준다. 그래야만 행복한 결말을 획득할 수 있기 때문이다. 동화를 읽는 아이들은 무의식적으로 이런 생각을 강요받으며 세뇌당하고 있다.

나 역시 이들 동화를 읽으며 자랐고, 내 딸아이들도 이런 동화를 읽으며 사랑에 대한 판타지를 키워나갔다. 이제껏 우리가 읽어온 동화라는 아름다운 이름의 탈을 쓴 이야기에서 남자의 잘못은 용서받을 수 있는 것이었고, 모험은 그들만이 독차지할 수 있는 것이었다. 반면 여자의 잘못은 항상 처벌의 대상이었으며, 모험은 허락되지 않았다.

아름답고 즐거운 일만 가득한 동화의 세계지만, 그 시스템을 거부한 여자에게는 원하는 것을 얻거나 삶을 바꿀 시간과 기회가 좀처럼 주어지지 않았다. 그뿐 아니다. 여주인 공이 얻는 행복조차 사실은 공허하다. 그녀들의 행복은 오 직 불행 위에서만 빛난다. 계모의 구박을 견디고, 원치 않 음에도 야수와 함께 살며, 예쁘다는 이유로 성에서 쫓겨나 는 불행을 마냥 참아야만 비로소 그들을 구해줄 구원이 다 가온다. 게다가 그 구원은 왕자 혹은 멋진 남자에 의해서만 이루어진다.

이것을 과연 행복이라 할 수 있을까? 이처럼 아름답게 포 장된 동화의 판타지를 걷어낸 현실은 너무도 끔찍하다. 우 리의 연애는 동화에서 벗어나 현실에 맞는 사랑을 해야 한 다. 동화는 그저 악몽에 불과하다.

유리 구두를 벗어 던지고
백마에 올라타자

만일 지금 백마 탄 왕자를 기다리고 있다면 그것은 우리 가 현실에서 탈출하고 싶을 만큼 불행함을 의미한다. 행복 한 현실에서 구원을 바라는 사람은 없으니까. 그러나 현재를 인내하고 순종한다고 해서 누구에게나 드라마틱한 구원이 오는 시대는 이미 지났다. 그건 옛날 동화에서나 가능한 일이다. 그럼에도 여전히 우리가 이 위태로운 판타지를 꿈꾸어야 할 이유가 있을까?

동화 속 여주인공에게 백마 탄 왕자가 정말 구원일 수 있다면, 우리는 그 구원의 본질을 들여다 봐야 한다. 그것은 불행한 현재로부터 벗어나는 것이다. 그것이 꼭 왕자의 선택을 받는 방법일 필요는 없다. 관점을 바꿔 보면 우리에게 진짜로 필요한 것은 왕자가 아니라 지금 이곳에서 탈출할 수 있게 해줄 백마다. 만일 왕자가 백마도 없이 터덜터덜 먼 길을 걸어온다면 우리를 구원하지 못할 것이다. 그러니 백마 탄 왕자의 뒷자리에 올라타면 지금 당장 불행에서 벗어날 수 있을지는 몰라도 동시에 왕자라는 새로운 속박으로 걸어 들어가는 것임을 잊어서는 안 된다.

그러니 동화처럼 달콤한 행복을 꿈꾼다면 아름다울지는 몰라도 거추장스러운 드레스는 벗어버리고, 발가락만 아플 뿐인 유리 구두는 던져버리자. 그다음 내가 원하는 곳으로 나를 이끌어줄 백마를 얻기 위해 열심히 달리자. 힘든 현실에서 빠져나오는 것도, 새로운 세상으로 나아가 연애를 하는 것도 모두 스스로 해내야 한다. 연약하고 수동적인 나에서 주체적이고 적극적인 나로 변화하는 과정에서 자연스럽게 따라오는 사랑에서 얻는 행복이 진짜다.

이런 깨달음 덕분일까? 다행히 동화도 조금씩 변화하기 시작했다. 2019년 개봉한 영화 〈알라딘〉에서 자스민 공주는 아그라바 왕국을 지배하려는 마법사 자파에 강력하게 맞선다. 그리고 아버지의 뒤를 이어 술탄의 아내가 아닌 최초의 여성 술탄인 술타나가 되고자 한다. 억압에 굴복하지 않겠다며 '스피치리스'를 부르는 모습은 이제껏 남성이 문제를 해결할 때까지 기다리며 사랑받길 원하던 공주들과 다르다.

"난 침묵하지 않을 거야."

"넌 날 침묵하게 할 수 없어."

"네가 아무리 노력해도 난 흔들리지 않아."

자신의 역할을 스스로 키워나가며 사랑도 쟁취하는 그녀의 당당함이 반갑다.

애니메이션 〈겨울 왕국〉도 멍청한 판타지를 걷어냈다. 안나는 언니 엘사의 꽁꽁 얼어버린 마음을 녹여 저주를 풀고, 자신이 만든 왕국에서 자유를 되찾는다. 그동안 왕자가 해왔던 역할을 여주인공이 대신 해낸 것이다. 이 동화 속에서 왕자는 음흉하고 악랄한 악인에 불과하다. 두 자매가 행복해진 것은 온전히 그들의 노력과 사랑이다. 남녀 간의 사랑만이 저주를 풀 수 있는 구원의 열쇠였던 예전의 동화는 이제 없다. 자신에게 필요한 것을 스스로 찾아내는 자신감과 자애감이 그 자리를 대신한다.

이제 백마 탄 왕자의 뒷자리에 올라 그가 이끄는 대로 따라가지 말자. 그보다는 내가 길들인 백마를 타고 달리자. 불행한 현실에서 구원받는 것보다 스스로 구원을 쟁취하는 것이 훨씬 달콤하고 짜릿하니까.

먹고 친해지며 사랑하라

몸친부터 시작하는 요즘 연애?

영화 〈극적인 하룻밤〉은 남녀 주인공이 각자 헤어진 애인의 결혼식장에서 우연히 만나 어쩌다 하룻밤을 보내게 되면서 이야기가 시작된다. 두 사람 다 만취해 하룻밤 잠자리를 가졌는데 이게 웬일, 궁합이 너무 잘 맞는다.

"딱 몸친, 거기까지만. 열 개 다 채우고 빠이빠이. 어때?"

예정에도 없던 극적인 하룻밤을 보낸 두 사람은 카페의 쿠폰 도장 10개를 찍을 때까지 서로의 몸친이 되기로 약속한다. 하지만 도장이 찍힐수록 '몸정' 대신 '맘정'이 깊어지면서 본격적으로 두 사람의 로맨스가 시작된다.

  연애가 마음의 정을 쌓은 다음 몸의 정으로 이어지는 것이라고 여기던 것이, 요즘에는 몸정도 사랑이라고 생각하는 사람들이 많아졌다. 덕분에 할리우드 영화에서나 보던 남녀관계가 이제는 우리나라 영화나 TV에서도 심심치 않게 등장한다. 서로에 대해 감정이 없던 오랜 친구나 동료가 우연한 계기로 하룻밤을 보내면서 서로에 대한 호감에 눈 뜨거나, 서로에게 익숙해지기도 전에 몸의 화학 반응이 먼저 일어나는 스토리도 익숙하다. 최소한 요즘 로맨스에서는 여행 가서 손만 꼭 잡고 잤다는 순결을 강조하지는 않는다.

  사랑하면 함께 있고 싶고, 함께하면 손을 맞잡고 싶고, 그다음에는 서로의 몸을 나누고 싶은 것이 사람의 본능이다. 실제로 대부분의 사람들에게 몸을 나누는 행위는 사랑을 확인하는 것에 가깝다. 어느 한편에만 치우치지 않는다면 몸이 먼저인지, 마음이 먼저인지는 그리 중요하지 않다. 몸의 온기를 나누고 싶지 않은 사람과는 손을 맞잡을 수 없고 일생을 함께할 수도 없기 때문이다. 사랑의 시작이 감정을 교환하는 '설렘'이라면 서로의 마음을 확인하는 결정적인 순간은 감정이 육체로 이어지는 '떨림'이다.

함께 밥을 먹는 것은
내 영혼을 나누는 일

　이렇게 보면 로맨스를 바라보는 우리의 관점도 정말 많이
변한 것 같다. 하지만 시간이 흘러도 절대로 변하지 않는
불변의 공식이 하나 있으니, 나는 감히 그것을 '밥정'이라고
이야기하고 싶다.

　밥정이란 말 그대로 같이 밥 먹으면서 쌓은 정을 의미한
다. 한 상에 마주 앉아 맛있게 차려진 음식을 먹으며 수다
를 떤다는 것은 먹고 즐기는 시간을 통해 소통하는 것이다.
함께 먹는 밥은 유대감을 쌓는 중요한 행위 중 하나다. 친
하지 않거나 친해지고 싶지 않은 사람, 불편한 사람과 밥을
먹고 싶어 하는 사람은 없다. 누군가와 함께 허기를 채운
다는 것은 두 사람의 감정을 채우는 행위이기도 하다. 특히
우리나라 사람들은 밥을 자주 먹는 사람을 중요한 사이라
고 여긴다. 어딘가에 함께 소속되어 있거나 무언가를 같이
했던 사람을 가리켜 '한솥밥 먹던 사이'라고 표현하는 것만
봐도 그렇다.

　드라마 〈내 이름은 김삼순〉에서 삼순이는 프랑스 유학

시절 쓴 일기에 '누군가와 함께 식사를 한다는 것은 서로의 영혼을 나누는 것임을 배웠다'라고 적었다.

두 사람이 마주 앉아
밥을 먹는다는 것

밥정이 쌓이려면 시간의 무게가 필요하다. 따라서 밥정의 영역에는 비단 로맨스만 있는 것이 아니다. 사랑, 우정, 우애도 모두 밥정의 영역에 포함된다. 누군가에 대한 신뢰는 한순간에 만들어지지 않는다. 오랜 시간을 함께하고 들여다보아야 가능해진다.

함께 밥을 먹는다는 것은 단순히 배고픔을 해결하는 과정이 아니다. 그것은 서로의 가치와 삶의 방식을 나누는 동시에 상대를 이해하는 과정이기도 하다. 생각해보라. 대학 시절에 만난 친구보다 중·고등학교 시절에 만난 친구들과의 우정이 더 깊은 이유를. 일주일에 5일 이상 함께 밥을 먹으며 지내온 시간의 무게는 결코 가볍지 않다.

새벽에 너무 어두워

밥솥을 열어봅니다

하얀 별들이 밥이 되어

으스러져라 껴안고 있습니다

별이 쌀이 될 때까지

쌀이 밥이 될 때까지

그런 사랑이 무르익고 있습니다

— 김승희 〈새벽밥〉

연애도 크게 다르지 않다. 두 사람의 연애가 설렘 가득한 맘정으로 시작했든, 떨림 가득한 몸정으로 시작했든 관계없다. 그들의 연애를 지속시키는 힘은 이러한 일상으로부터 쌓인 '밥정'이다. '함께 무르익는 시간'이다. 함께했던 시간의 모든 순간을 소중히 여기는 것. 그것이야말로 연애에 빠진 우리가 진짜 행복할 수 있는 방법을 배우는 일이다. 그러니 함께 먹고, 친해지며, 사랑하라.

연애력이 바닥을 칠 때

타인의 로맨스를 탐하라

'절대적 사랑'은 과연 존재할까?

만약 당신에게 연애력이 아직은 남아 있다면 이 질문에 당연히 존재한다고 대답할 것이고, 연애력이 바닥을 치고 있다면 그런 것은 없다고 말할 것이다. 절대적 사랑이나 완벽한 사랑이란 현실성 제로의 허구에 가깝다고 생각하며 콧방귀를 끼거나, 연애가 내 맘대로 되지 않을 때는 이러한 취향을 듬뿍 반영한 타인의 로맨스를 훔쳐볼 필요가 있다. 지극히 현실적이어서 지지부진한 연애에 고민이라면 걸 크러시의 매력이 가득한 로맨스를 간접 체험해보자. 어느 순간 연애력이 바닥을 툭 치고 올라가는 것을 느낄 것이다. 그리고 연애가 너무 어려워 연애 같은 건 평생 나와 관계없는 일이라고 생각하는 연애 고자에게도 연애의 기술을 전해줄 것이다. 우리의 연애력이 바닥을 칠 때 반드시 봐야 할 로맨스, 걸 크러시 드라마를 소개한다.

때로는 이기적인 사랑도 필요하다
〈내 이름은 김삼순〉

2000년대 초반까지만 해도 드라마의 트렌드는 〈가을동화〉나 〈겨울연가〉처럼 첫사랑의 아련한 추억을 보여주었다. 여주인공은 모두 청순가련한 외모와 여린 성격을 가졌고 남자 주인공은 그 모습에 반해 사랑에 빠졌다. 이런 바통을 이어받는 대신 새로운 스타일의 로맨스를 개척한 드라마가 2005년 방송한 〈내 이름은 김삼순〉이다. 애틋한 멜로 대신 발랄한 감수성을 자극하는 이 로맨틱 코미디는 TV 드라마의 판도를 바꾼 작품으로 일컬어진다.

드라마는 자칭 '통통' 타칭 '뚱뚱'을 자랑하는 파티시에 김삼순(김선아 분)과 재벌 2세 현진헌(현빈 분)의 사랑을 그린다. 방영 당시 여주인공 김삼순의 캐릭터는 큰 화젯거리였다. 이제껏 로맨스 드라마의 여주인공은 모두 예쁘고, 착하고, 어렸다. 하지만 김삼순은 서른이라는 당시로써는 노처녀 취급을 받는 제법 많은 나이에 뚱뚱과 통통을 오가는 몸매를 가졌으며, 착하기보다는 멋지고, 청순하다기보다는 엽기 발랄한 성격을 보여주었다. 한마디로 드라마 여주인공의 공식을 완벽하게 박살 낸 캐릭터였다.

　로맨스 주인공이 되기에는 자격이 한참 모자란 그녀였지만 대중의 지지는 폭발적이었다. 재미있는 것은 삼순이의 매력을 돋보이게 한 것이 어리고, 예쁘고, 착한 서브 여주인공 유희진(정려원 분)이라는 사실이다. 사랑하는 연인 진헌이 사고로 가족을 잃은 트라우마에 시달리던 중 희진은 불치병에 걸리고 만다. 이 사실을 알게 된 진헌의 어머니는 그녀에게 떠나 달라고 말한다. 건강을 회복해 돌아온 그녀에게 돌아온 것은 자신에게 차갑게 대하는 진헌과 그의 곁을 지키는 삼순이다. 예쁘고, 착하고, 어린데 비극적이기까지 한 희진이었지만 그녀는 끝내 진헌의 사랑을 얻지 못했고,

시청자 역시 희진보다 삼순에게 공감했다.

　보이는 것만으로는 희진에게 맞설 수 있는 것이 하나도 없던 삼순이 진헌의 사랑을 쟁취한 비결은 따로 있었다. 첫 번째는 타이밍이다. 삼순은 진헌이 가장 외롭고 약해졌을 때 그의 마음을 적극적으로 채워주었다. 두 번째는 그녀가 타인의 기준에 쉽게 흔들리지 않는 사람이라는 것이다. 사실 '예쁘고 착한' 것은 그저 세상의 기준일 뿐이다. 삼순이 보기에 세상은 자기들만의 기준으로 그녀를 쉽게 평가 절하했다. 그녀는 자신이 예쁘지 않다고, 살이 조금 쪘다고, 그리고 살다 보니 서른이 되었는데 나이가 많다며 아무렇지 않게 상처 주는 사람들에게 부당함을 표현했다. 적어도 삼순은 세상의 잘못된 따돌림에 마냥 위축된 '청승가련'을 거부하는 인물이었다.

　이런 성격은 그녀를 직진하게 만들었다. 삼순은 희진이 나타났을 때, 그리고 그녀의 사연을 들었을 때 안타까워했다. 하지만 자신의 사랑을 양보하지는 않았다. 몸이 아픈 희진을 위해 죽을 만들어주고 때로 희진의 말벗이 되기도 했지만, 연민으로 인해 자기 사랑을 포기할 만큼 어리석지 않은 여자였다.

그 모습은 이제껏 수많은 로맨스의 주인공들이 부질없는 오지랖으로 제 발등을 찍는 걸 보았던 시청자들에게는 일종의 카타르시스였다. 이런 그녀이니 진헌과 자신 사이의 현실적 장벽(나이나 경제적 차이)에 굴하지 않았음은 두말할 필요도 없다. 후련하게 자기 사랑을 쟁취하는 '걸 크러시'의 조상을 보고 싶다면 〈내 이름은 김삼순〉을 강추한다. 나만 안 되는 연애에 망설이던 당신에게 없던 전투력도 생길 것이다.

센 언니들의 위맨스, 일도 사랑도 다 내 것!
〈검색어를 입력하세요 WWW〉

걸 크러시의 조상을 만났으니 이제는 요즘 대세인 언니들을 만날 차례다. 2019년 tvN에서 방영한 드라마 〈검색어를 입력하세요 WWW(이하 검블유)〉에는 너무 멋있어서 나도 모르게 반해버리는 여자들이 등장한다. 〈내 이름은 김삼순〉에서 〈검블유〉까지는 15년의 시간이 놓여 있지만 공통점이 많다.

두 드라마 모두 전문직 여성이 주인공이며 그들은 자신의 삶을 온전히 책임진다. 그리고 등장하는 여성들의 관계가 완전히 적대적이지 않고 서로를 이해하려는 모습을 보여준다. 마지막으로 연상연하 커플을 다룬다. 이렇게 결정적인 캐릭터가 유사함에도 불구하고 두 드라마를 둘러싼 사회적 분위기는 완전히 다르다.

〈내 이름은 김삼순〉 속 삼순이는 고작 서른이었지만 '국민 노처녀'로 통했다. 드라마가 방영된 2005년 여성의 평균 초혼 연령이 27.7세였기 때문이다. 주변 사람들은 얼굴 안되고, 몸매 안되고, 능력 안되고, 집안 안되고, 성격도 안되는 삼순이에게 결혼을 닦달했다. 남자친구인 진헌은 그녀보다 고작 세 살이 어렸는데 이것조차도 그들의 사랑에 큰 걸림돌이었다.

이제 〈검블유〉를 들여다보자. 세 명의 여주인공 배타미(임수정 분), 차현(이다희 분), 송가경(전혜진 분)은 각각 38세, 37세, 39세다. 싱글인 배타미와 차현의 연인인 박모건(장기용 분)과 설지환(이재욱 분)은 각각 28세, 30세다. 배타미가 10살, 차현이 7살 연상이다. 하지만 이 드라마에서 그녀들의 나이가 로맨스를 진행함에 있어 특별한 시빗거리가 되지 않는다. 나이는 그저 그들의 사회적 위치에 합리성을 부여하는 역할일 뿐이다.

오히려 연하남과의 로맨스보다 더 빛나는 것은 세 여자의 매력적인 위맨스(남자들의 깊은 우정을 뜻하는 브로맨스와 대비되는 말로 woman+romance의 의미)다. 그녀들은 자신의 커리어를 둘러싸고 서로 경쟁하고 열정적으로 싸우며 대립한다. 그 과정에서 상대에게 상처를 주기도 하지만 한편으로는 서로를 이해하며 화해한다. 그리고 서로를 지지하면서 각자의 연애 상대보다 깊은 애정을 쌓기도 한다. 〈검블유〉의 애청자들은 이 매력적인 관계에 녹아들었다. 세 여자가 각자의 파트너와 로맨스를 이뤄나가는 모습을 보여주자 그보다는 위맨스 비중을 키워달라며 불만을 드러냈다는 반응이 있을 정도였다고 한다.

삼순이가 스스로 자기 사랑을 지키고 손에 넣었다면 검블유 속 그녀들은 연애의 범위를 넓혔다. 내 남자와의 연애에만 몰두할 게 아니라 일과의 연애를 즐겼으며 점차 자기 자신, 그리고 내 삶과 연애하듯 사는 법을 깨달은 것이다. 그 과정에서 〈검블유〉는 이제까지의 드라마가 보여준 '여적어(여자의 적은 여자)'라는 낡은 관념을 완전히 벗어던졌다. 그녀들은 불편한 애정 관계로 얽혀 있지 않으며, 그녀들의 대립과 화해는 오직 자기 일에 대한 열정에서만 생겨나기 시작한다.

둘 다 욕망하라

〈내 이름은 김삼순〉과 〈검블유〉 속 그녀들은 뜨겁게 욕망했다. 솔직하게 자기의 사랑에 욕망했고, 일에서 성취를 이뤄내고자 욕망했다. 이 솔직한 욕망이야말로 일과 사랑 모두를 거머쥘 수 있게 만든 힘이다.

과거에는 여자의 욕망을 나쁜 것이라 여겼다. 영화나 드라마 속에서조차 무언가에 욕심을 갖거나 솔직한 마음을 드러내는 것은 악역뿐이었다. 하지만 이제 백마 탄 왕자만 기다리던 시대는 갔다. 자신의 삶을 온전히 책임질 줄 알고 큰 꿈을 가진 여자일수록 자부심을 가질 수 있게 되었다. 그리고 지금, 드라마 속 센 언니들은 우리에게 묻는다.

"왜 일과 사랑 중에 하나를 선택해야 하지?"

그냥 둘 다 가져버리면 되는데. 정말 명쾌한 답이 아닌가?

　연애란 뜻 그대로 서로를 그리워하고 사랑하며 갈망하는 것이다. 그 대상이 꼭 남자일 필요는 없다. 친구, 일, 운동, 자기 자신까지. 인생을 둘러싼 모든 것이 연애의 상대가 될 수 있다. 그게 누구든, 무엇이든 얼마나 뜨겁게 사랑할 수 있는가가 중요하다. 그거면 충분하다. 이 사실을 깨닫는 순간 우리의 연애력은 바닥을 치고 올라갈 것이다. 그리고 설렘으로 가득한 날들이 시작된다.

사랑은
먼저 고백하는 사람의 것

먼저 고백하는 여자

여자가 남자에게 초콜릿을 주는 밸런타인데이가 바다 건너 일본에서 건너온 얄팍한 상술에 불과하다는 것은 이미 널리 알려진 사실이다. 연인을 위한 본래 의미는 사라진 지 오래인 데다 2월 14일이 가까워지면 속이 빤히 보이는 상술이 판친다. 그럼에도 밸런타인데이가 우리나라 연애사에 긍정적인 영향력을 미쳤다는 사실은 부정할 수 없다. 가부장제의 전통이 뿌리 깊은 한국에서 사랑 고백의 주도권을 여성에게도 일부 넘겨주는 역할을 했기 때문이다.

밸런타인데이가 유행하기 시작한 것은 경제 성장과 기술 발전이 가속화되었던 1980년대 무렵이다. 이미 초등학교(당시에는 국민학교)가 의무교육이 되었건만 '남녀칠세부동석'을 외쳤던 유교 사상이 여전히 남아 있었다. 놀라운 것은 여자로 태어난 우리가 지켜야 할 덕목이 내외(內外)만이 아니었다는 사실이다. 삼종지도(三從之道)라 하여 태어나서는 아버지를 따르고, 결혼해서는 남편을 따르며, 남편이 죽으면 아들을 따르는 것이 덕목이라고 가르쳤다. 지금은 씨알도 안 먹힐 이야기지만 밸런타인데이가 우리나라에 정착한 1980년대 초반만 해도 이런 생각을 당연하다고 여기며 가르쳤다. 여자에게 주어진 최고의 덕목은 남자에 대한 복종이었고, 이는 여성 교육을 지배하는 전통이었다.

그러니 소녀들은 필요 이상으로 수줍어야 했다. 그런 소녀가 남자에게 달콤한 초콜릿을 주며 자기 마음을 드러내는 모습은 제법 파격적이고 새로운 변화였다. 일 년 중 단 하루에 불과했지만 여성의 고백을 용기로 인정하는 날이 밸런타인데이였다. 초콜릿을 만드는 회사의 상술은 2월 14일의 축제를 부추겼고, 밸런타인데이가 유행한 이후부터 여자가 남자에게 자신의 마음을 드러내는 것은 꽤나 일상적인 모습이 되었다.

고백은 받을 수도 있고,
할 수도 있다

고백은 연애의 출발점이자 상대와 연애라는 관계를 이루기 위해 반드시 통과해야 하는 '미션'이다. 고백의 주체가 된다는 것은 스스로 사건을 해결하는 주인공이 된다는 것을 의미한다.

여기서 잠시 우리가 어린 시절 읽었던 동화 속 이야기를 떠올려보자. 남자 주인공(주로 왕자인 경우가 많다)은 갖가지 문제를 해결하고 여자 주인공(주로 공주인 경우가 많다)과 결혼한다. 이 스토리 안에서 고백이라는 미션에 도전해 성공하는 주체는 대부분 남자다. 여자는 그저 객체일 뿐 어떤 주도권도 갖지 못한다. 여자는 남자가 사건이나 문제를 해결한 뒤 얻는 결과물이거나 일종의 부상으로 전락하고 마는 것이다. 그 과정에서 여자는 모든 '선택'으로부터 제외된다. 남자는 당연하다는 듯 여자에게 사랑을 고백하고, 여자는 고민 없이 고백을 받아들인다. 마치 동화에는 고백하는 것은 왕자, 받는 것은 공주라는 정해진 공식이 있는 것 같다. 그리고 동화의 끝은 항상 '그들은 행복하게 살았답니다'로 마무리된다. 정말 그럴까?

고백은 상대의 마음이라는 결과를 얻어야 하는 미션이지만 동시에 사랑을 주도하는 멋진 권리이기도 하다. 자신이 애정을 쏟을 대상을 스스로 선택하는 행동이기 때문이다. 물론 미션에는 '거절'이라는 치명적인 리스크도 존재한다. 그럼에도 고백을 결심하는 것은 내 감정에 충실하겠다는 의지다.

그런데 어째서인지 우리는 고백을 하는 쪽은 남자, 고백을 받는 쪽은 여자라는 편견을 가지고 있다. 고백은 할 수도 있고, 받을 수도 있는 것이다. 여기에 여자와 남자의 구분은 필요하지 않다. 그보다는 내 감정에 충실하고, 그 감정을 쏟을 대상을 스스로 선택한다는 시선으로 고백을 바라봐야 한다. 고백으로 자신의 마음을 표현한 사람들은 성공이냐 실패냐라는 결과의 확인 이전에 자신의 마음에 귀기울인 행동을 한 것이다. 그 과정만으로도 자존감이 높아진다.

어린 시절 주변 어른들에게서 자주 들었던 말 중 하나는 "여자는 자기가 좋아하는 남자보다는 자기를 좋아해주는 남자와 결혼하는 것이 좋다"라는 것이다. 그때는 '이왕이면 사랑받는 게 사랑하는 것보다 더 행복하지 않을까'라고 생각하며 고개를 끄덕였다.

하지만 어린아이로 살던 인생이 여자로 사는 삶으로 바뀌고 나니 내 생각도 바뀌었다. 지금껏 들어온 그 말이 사랑의 대상을 선택할 수 없는 수동적인 삶을 살 수밖에 없었던 여성이 스스로에게 건네는 위안이라는 사실을 알게 되었기 때문이다. 한쪽 방향으로만 움직이는 사랑은 절대로 이루어지지 않는다. 관계가 한 단계 진보하기 위해서는 양쪽 방향으로 서로의 감정을 주고받으며 가까워져야 한다.

서로를 향하는 쌍방향 연애에는 마중물이 필요하다. 고백의 의미는 바로 여기에 있다. 내 마음이 향한다면 일단 직진해보자. 내가 선 자리에서 한 발짝도 움직이지 않고 기다리기만 하면 사랑은 결코 나에게 오지 않는다. 용기 있는 여자가 원하는 남자를 차지한다는 것을 잊지 말자.

물론 고백의 결과가 내 마음대로 되는 것은 아니다. 하지만 고백은 새로운 시작의 계기가 되기도 한다. 지금 당장 연인이 되지 않더라도 고백을 받은 이상 그는 당신을 신경 쓰기 시작할 것이다. 예전에는 눈길조차 주지 않다가 괜스레 한 번 쳐다보게 되거나, 한 번 보던 것도 두세 번 쳐다보게 된다. 이런데도 발전 없는 관계에 발만 동동 구르며 고백을 망설여야 할 이유가 있을까?

진심보다 강렬한 단어는 없다

어느 결혼정보회사에서 밸런타인데이를 맞아 여성이 먼저 고백하는 것에 관해 설문조사를 했다. 20대~30대 미혼 남녀 542명에게 "여자가 먼저 고백하는 것에 대해 어떻게 생각하는가?"를 물었다. 그 결과 여성 응답자의 61.2%가 부정적으로 대답한 것과 달리 남성 응답자의 73.7%는 여성의 고백을 긍정적으로 생각한다고 말했다. 여자들이 자신의 마음을 적극적으로 표현하거나 고백의 주체가 되는 추세이기는 하지만 아직은 남자가 먼저 고백해주기를 기다리는 것이 현실이다. 그와 달리 남자들의 속마음은 오히려 여자의 고백을 반기고 있다.

다만 고백이라는 단어를 앞두면 한없이 망설이게 된다. 용기를 내려 해도 거절당할지 모른다는 두려움이 앞서는 것도 사실이다. 하지만 고백은 누구에게나 어렵다. 그래서일까? 고백을 앞둔 사람들은 고백의 순간을 계속해서 연습한다. 좀 더 근사하게 상대의 마음을 흔들고 싶기도 하고, 만일 상대가 거절했을 때 조금이나마 자존감을 지킬 수 있는 여지를 남기고 싶어서다. 하지만 고백 연습이 거절이라는 리스크를 완전히 없애 주지는 못한다.

모든 리스크를 감수하더라도 자신의 고백을 가치 있는 것으로 만들고 싶다면 하나만 기억하면 된다. 진심을 전달하는 것이다. 그 어떤 달콤한 말도 진심보다 큰 울림을 갖지 못한다. 상대를 향한 진심을 표현했을 때 그가 고백을 받아준다면 최고의 기쁨을 얻을 것이고, 거절한다면 내 진짜 마음을 보여주는 데 온 힘을 쏟은 사람만이 알 수 있는 후련함을 느낄 것이다. 이 매력적인 기회를 그저 놓치고 있는 것은 아닌가?

지금 누군가를 사랑하고 있다면, 망설임으로 자신의 시간을 허비하지 말자. 부딪쳐 고백하고 답을 얻어야 새로운 시작이 가능하다. 그 시작은 연인이 생기는 것일 수도 있고, 또 다른 누군가를 만나기 위한 계기일 수도 있다. 그러나 분명히 기억하자. 상대의 마음에 나를 채워 넣을 가장 강렬한 언어는 우리의 진심임을.

표현하지 않으면 놓친다

구전 가요 〈갑돌이와 갑순이〉는 어렸을 적 유치원 재롱 잔치나 초등학교 운동회에서 한 번쯤은 들어본 노래다. 그런데 갑돌이가 장가간 첫날밤에 한 일이 무엇인지 아는가? 이 질문에 바로 대답하는 사람은 별로 없다.

갑돌이와 갑순이는 한마을에 살았더래요.

둘이는 서로서로 사랑을 했더래요.

그러나 둘이는 마음뿐이래요.

겉으로는 음음음 모르는 척했더래요.

그러다가 갑순이는 시집을 갔더래요.

시집간 날 첫날밤에 한없이 울었더래요.

갑순이 마음은 갑돌이뿐이래요.

겉으로는 음음음 안 그런 척했더래요.

갑돌이도 화가 나서 장가를 갔더래요.

장가간 날 첫날밤에 달 보고 울었더래요.

갑돌이 마음은 갑순이뿐이래요.

겉으로는 음음음 고까짓 것 했더래요.

그렇다, 갑돌이는 장가간 첫날밤 달을 보며 울었다. 대체 왜 그래야 했을까?

갑돌이와 갑순이는 한마을에서 자란 벗이다. 둘은 커가면서 서로를 이성으로 마음에 품었다. 하지만 그저 마음뿐, 두 사람은 부끄러워 그 마음을 표현하지 못했다. 오히려 겉으로는 모르는 척, 안 그런 척하며 마음을 숨기고 지냈다. 그것도 모자라 혹시라도 누가 제 마음을 알아차릴까 두려워 짐짓 '고까짓 것'이라며 속마음과는 반대로 행동하기 일쑤였다.

그렇게 제 마음 감추기에 급급했던 두 사람은 결국 각자 다른 사람과 결혼하고 만다. 사랑하는 이를 두고 다른 이와 결혼했으니 그 슬픔이 얼마나 클까? 먼저 결혼한 갑순이가 시집간 첫날밤에 한없이 울었다. 다른 남자의 아내가 된 갑순이를 보며 홧김에 결혼한 갑돌이도 장가간 첫날밤 달을 보며 펑펑 울었다. 이제 와 되돌릴 수도 없으니 우는 수밖에 없다. 나무위키에서는 이 노래를 가리켜 '츤데레가 일으킨 최대의 비극'이라고 평가하기도 했다.

꼭 말로 해야 아니?

두 사람이 사랑을 완성하는 데 제일 중요한 것이 마음이라는 것은 누구나 알고 있다. 하지만 갑돌이와 갑순이 이야기는 마음만으로 사랑이 완성될 수는 없다는 것을 보여준다. 아무리 마음이 크고 진실해도 말하지 않고 행동으로 표현하지 않으면 누구도 알 수 없다. 표현하지 않으면 사랑이 아닌 것이다.

좋아하는 마음만 있으면 뭐 하겠는가. 아무도 알지 못하는데. 다른 사람에게 마음을 연 상대를 보며 뒤늦게 "내가 널 얼마나 좋아하는데. 그걸 꼭 말로 해야 아니?"라고 물어도 소용없다. 사랑은 말로 해야 안다. 아니, 사실은 말로 해도 다 모르는 게 사랑이다. 내 마음은 나밖에 알 수 없는 것이다. 상대는 독심술가가 아니다. 그러니 말하지 않아도 다 알아줄 거란 생각은 버려야 한다.

말로 하는 사랑보다 쉽게 꺼내지 못하는 사람의 진실이 더 큰 울림을 가진다고 생각할 수도 있다. 하지만 우리가 사랑을 확인하고 감동하는 순간은 상대의 침묵이 아니라 그가 힘겹게 사랑을 발화할 때다. 사랑에서 침묵은 좋은 방법이 아니다. 침묵은 오해만 만들어낼 뿐이다. 사랑은 표현하지 못하면 이루어지지 않는 것이다. 우리는 그동안 표현하지 못해 얼마나 많은 사랑을 잃었는가. 표현하지 못해 얼마나 많은 사랑이 마음속에만 숨겨진 채 빛도 보지 못하고 헛되이 사라져 버렸는가. 아무리 완벽한 진심도 표현하지 않으면 아무것도 아니다.

우리가 사랑을 표현해야 하는 이유는 사랑이 덧셈과 뺄셈, 곱셈과 나눗셈이라는 사칙연산의 법칙을 따르기 때문이다. 먼저 사랑은 덧셈이다. 누군가와 더불어 살지 않으면 우리에게는 외로움뿐이다. 사랑은 뺄셈이기도 하다. 행복은 허황된 욕심과 탐욕을 줄이는 데서 시작하기 때문이다. 그리고 사랑은 곱셈이다. 기회가 찾아와도 내 노력과 가치가 0이라면 아무런 의미가 없다. 마지막으로 사랑은 나눗셈이다. 기쁨은 나눌수록 더욱 커지고, 슬픔은 나눌수록 작아진다.

특히 우리는 사랑의 공식 중 '곱하기'에 주목해야 한다. 숫자 0에는 아무리 큰 숫자를 곱해도 항상 0이 나온다. 이는 상대에게 말로 표현하지 않으면 결코 사랑이 싹틀 수 없다는 의미다. 말을 건네더라도 행동이 뒤따르지 않으면 말의 가치도 무력해진다. 사랑의 결과가 다시 0이 돼버리기 때문이다. 그러니 우리는 사랑한다고 말하고 그 마음을 오롯이 전달받은 상대에게 그보다 더 큰 표현을 해야 한다.

중요한 것은 한 사람만 표현해서는 소용없다는 사실이다.

아무리 큰 숫자라도 1을 곱하면 변하는 것이 없다. 사랑도 한 사람만 말하고 행동하면 아무것도 바뀌지 않는다. 두 사람이 함께 표현해야 사랑의 결괏값도 커진다.

우리가 경험하는 사랑의 셈법은 복잡한 것 같지만, 그 내용을 살펴보면 그만큼 단순하고 쉬운 것이 없다. 모두가 이러한 사랑의 셈법 안에서 공평하게 출발해 사랑에 실패하거나 성공하고, 포기하거나 재도전하기도 한다. 다른 것은 손에 쥐고 있는 미지수뿐이다. 어떤 말과 어떤 행동을 전하느냐에 따라 이 미지수의 값은 계속해서 변한다. 그것이 각기 다른 사랑의 값을 만들어내는 것이다. 결국 정직하게 서로를 응시하고 그것을 표현하는 연인만이 이 특별한 셈법을 누릴 수 있다.

사람을 사람으로 잊는다는 함정

할리우드 배우 레오나르도 디카프리오가 공개적으로 언급한 이상형은 '예쁘면서 똑똑하고 착한 여성'이다. 이런 여자를 안 좋아할 남자가 어디 있겠느냐만 적어도 디카프리오는 자신의 이상형의 조건 중 하나인 예쁜 여자들하고만 데이트를 해왔다. 지난 20년간 그의 연애사를 살펴보면 왜 사람들이 그를 '소나무'라고 부르는지 알 수 있다.

놀랍게도 디카프리오가 2000년에 만나 5년간 사귄 모델 지젤 번천부터 최근 만나고 있는 22세 연하의 모델 카밀라 모로네까지 십수 명의 여성들은 모두 '저렇게까지?'라는 생각이 들 만큼 비슷한 외모와 나이를 가졌다. 하나같이 '180cm 이상의 키에 나이는 25세 이하, 금발의 백인 모델'인 것이다. 디카프리오가 지난 20년간 만난 여자들의 외모와 나이, 직업을 보면 아마도 그의 확고한 취향은 앞으로도 절대로 변하지 않을 것 같다. 한번 뿌리 내린 소나무는 좀처럼 변하질 않는 법이니까.

우리도 디카프리오처럼 몇 번의 이별을 거치고 나면 자신의 소나무 취향을 깨닫곤 한다. 그리고 가만히 생각한다. '나는 왜 똑같은 남자만 만나는 걸까?' 물론 상대의 외모나 성격, 말투, 스타일 등 소소한 부분은 다르지만, 돌이켜 보면 '그 나물에 그 밥'처럼 꼭 닮은 연애와 이별을 하고 있음을 알게 된다. 비슷한 사람을 만나, 비슷한 갈등을 겪고, 비슷한 고민을 하다가 결국 이별을 맞이하는 것이다. 그럼에도 새로운 연애를 시작하면 친구들은 이렇게 말한다.

"네가 전에 만나던 그 사람이랑 너무 비슷해."

분명 헤어질 때만 해도 '내가 너 같은 놈을 다시 만나면 성을 간다'라고 다짐했건만. 정신을 차리고 보면 이놈은 예전의 그놈과 너무 닮아 있고, 이번 연애와 저번 연애는 다를 게 없다. 우리는 왜 매번 실패하면서도 비슷한 사람과 또다시 사랑에 빠지는 걸까?

인간은 같은 실수를 반복한다

연애에 실패하고 이별하는 고통을 겪으면서도 우리는 그다음 연애를 시작하려 한다. 지난 연애에서 받은 상처를 새로운 연애로부터 치료하고 싶은 마음이 들어서다. 그런데 인간은 본능적으로 새로운 것보다 익숙한 것에 끌리도록 설계되었다. 자신도 모르는 사이 과거의 연인과 비슷한 사람에게 이끌리고 지난 연애와 꼭 닮은 사랑을 하게 된다.

지난 사람이 주지 못한 사랑을 이번 사람은 줄 것이라는 기대는 생각보다 쉽게 무너진다. 과거의 상처가 제대로 아물지 못한 채 시작한 연애이기 때문이다. 좋든 싫든 연애의 상처는 사랑의 흔적이다. 상처를 치료하지 않고 내버려두면 흉터가 남는 것처럼, 사랑의 상처도 제대로 치유하지 않으면 지울 수 없는 흔적으로 남아 다음 연애에 영향을 준다.

상처가 제대로 아물지 않았다는 결핍은 무의식 속에 남는다. 무의식 속 기억은 새로운 연애에 흔적을 남기고 흔적은 다시 과거의 기억을 떠올리게 만든다. 뫼비우스의 띠처럼 자꾸 떠오르는 '지난 연애의 기억'을 얼마든지 너그럽게 받아줄 수 있는 연인은 없다. 나와 만나면서 다른 사람의 흔적을 찾는 모습은 새로운 상대에게 상처를 준다. 제대로 치유하지 못한 지난 사랑의 상처는 사랑을 시작한 두 사람의 관계에 균열을 가져온다. 이렇게 지난번과 같은 실패가 또다시 반복되고 만다.

우리가 실패 끝에 똑같은 연애를 반복하는 실수를 저지르는 또 하나의 이유는 "이번에는 분명 다를 거야!"라는 확신이다. 만일 모두가 저마다의 '사용설명서'를 가지고 있다면 우리는 사랑하는 사람이 생겼을 때 그 사람의 사용설명서를 읽고 또 읽을 것이다. 설명서에 적힌 대로 연애한다면 두 사람의 관계는 망가지거나 실패하는 일이 없을 테니까.

하지만 사용설명서를 가진 사람은 없다. 그렇기 때문에 무슨 생각을 하고 있는지 알 수 없어 어떻게 끝날지 모르는 게 연애다. 이런 우리가 이별의 아픔을 극복하기 위해 쉽게 선택하는 방법 중 하나가 새로운 사람을 만나는 것이다. 우리는 사람은 사람으로 잊는 것이라 믿고 있다. 실제로 지지부진했던 연애를 끝내고 운명 같은 사랑에 빠지는 사람들이 얼마나 많은가? 새로운 기억으로 이전의 기억을 덮고 싶은 욕망은 본능에 가깝다.

연애를 망친 건 나라는 걸 알았다

사랑을 다른 사랑으로 잊으려면 새롭게 시작한 사랑이 지난 사랑의 상처를 다 덮어버릴 만큼 커야 한다. 하지만 지난 사랑의 아픔을 새로운 사랑으로 잠시 가리기만 해서는 다음 연애로 나아갈 수 없다. 새롭게 시작한 연애가 힘들어질 때마다 아무것도 해결되지 않은 지난 연애의 상처와 기억이 불쑥불쑥 얼굴을 들이밀 것이다. 지난 사랑을 다른 사랑으로 잊으려면 과거의 좋았던 기억과 나빴던 기억 모두가 내 안에서 정리되어야 한다. 그래야 과거의 연애가 지금의 연애 혹은 다음 연애를 위해 존재할 수 있다.

과거의 사람을 새로운 사람으로 잊으려는 것은 지극히 당연한 행동이다. 하지만 이별 후 찾아 들어간 자기만의 동굴에서 빠져나오지 못한 상태에서 다음 연애를 시작하는 것은 위험하다. '새 술은 새 부대에 담아야 한다'는 말처럼 지난 연애에서 쌓였던 문제를 반복하지 않아야 새로운 연애도 비로소 의미를 갖게 된다.

크로아티아 자그레브에는 '이별 박물관'이라는 것이 있다. 이제는 돌이킬 수 없는 관계가 되어버린 사람들이 사랑했던 기억을 이곳에 영원히 전시하는 것이다. 헤어진 연인이나 가족, 친구, 반려동물까지 이별을 경험한 사람들이 기부한 물건과 추억이 박물관을 채우고 있다. 이혼하던 날 남편이 던진 난쟁이 인형, 너무 예뻐서 망가질까 봐 한 번도 신지 못한 돌아가신 어머니의 구두, 헤어진 연인과 사랑을 약속하며 채웠던 자물쇠, 이제는 성인이 되어버린 자녀들이 가지고 놀던 장난감, 사랑했던 반려견의 목걸이 등 끝나버린 관계가 주는 상실감과 슬픔, 분노, 연민, 그리움 등을 이곳에 모두 털어버리는 것이다. 이 박물관에 물건을 기증한 사람들은 이별이 주는 아픔을 꺼내놓고 공유하면서 치유의 시간을 얻었다고 말한다.

이별 박물관은 실제 연인이었던 조각가 드라젠 그루비

시치(Dražen Grubišić)와 영화감독 올린카 비슈티차(Olinka Vištica)가 4년의 뜨거운 연애를 끝내면서 시작되었다고 한다. 두 사람은 숱한 사랑의 맹세에도 불구하고 끝내 이별을 결심했고, 이별 박물관을 통해 서로에 대한 감정을 완전히 해소하고 고통을 치유했다. 덕분에 다음 사랑을 시작할 수 있었다.

우리 역시 이런 과정을 거쳐야 한다. 내가 과연 다음 사랑을 시작할 만큼 충분히 새로워졌는가를 확인해야 한다. 자꾸만 같은 이유로 연애를 망치는 것은 비슷한 상대가 아니라 바로 나 자신이다. 내가 변하지 않으면 다음 연애 또한 같은 실수를 반복하고 같은 상처를 더 깊이 새기는 일밖에 되지 않는다. 나와 상대, 그리고 사랑과 관계를 대하는 새로운 눈과 마음을 갖게 되면 그에 걸맞은 다른 사람이 보이기 시작할 것이다.

이를 위해서는 지난 연애의 상처를 쉽게 봉합해서는 안 된다. 상처란 충분히 아프고 충분히 곪아 연약한 피부를 보호해주는 단단한 딱지가 떨어졌을 때 비로소 낫는다. 그러니 사랑을 다른 사랑으로 잊겠다며 성급히 관계를 시작하지 말자. 지금까지의 사랑을 함정에 빠지게 했던 것이 나였다는 사실을 받아들이고 새로운 사랑을 시작하기 전에 스스로에게 물어보자.

그동안 충분히 아팠는가? 상처를 제대로 치유하지 않고 내버려 두고 있지는 않은가? 이 질문에 자신 있게 대답할 수 있을 때 우리는 비로소 홀로를 떨쳐내고 더 나은 사랑을 시작할 수 있다.

이별도 훈련이 되나요?

아주 작은 반복의 힘

아이들은 태어나 제대로 걸음마를 하기까지 2천 번 이상을 넘어진다고 한다. 엄청난 실패 끝에 두 발로 걷게 된 아이는 금세 뛰어다니기 시작한다. 이렇게 오랜 시간 동안 반복해서 익숙해진 것들은 쉽게 잊히지 않는다. 자전거나 인라인스케이트는 한번 타는 법을 몸에 익히면 오랜 세월이 지난 후에 다시 타도 빠르게 적응할 수 있다. 어린 시절 수도 없이 외웠던 구구단을 들으면 저절로 답이 떠오르는 것도 마찬가지다.

몸으로 반복한 것은 몸이 기억하고, 머리로 반복한 것은 머리가 외운다. 이런 경험 덕분에 우리는 무언가를 잘 해내려면 충분한 시간을 들여 반복하고 연습하는 과정이 필요하다는 사실을 너무도 잘 알고 있다.

우리는 매일 이별하며 살고 있다

그런데 수없이 반복해도 결코 익숙해지지 않는 일이 있다. 바로 '이별'이다. 우리는 일상생활에서 다양한 이별을 경험한다. 연인과의 결별, 소중한 사람의 죽음, 정든 곳을 떠나는 직접적인 이별 외에도 영화와 TV, 책, 노래 등에서 수많은 이별을 간접적으로 체험한다. 봄을 보내고 여름을 맞이하는 것도 하나의 이별이다. 김광석의 노래처럼 우리는 매일 이별하며 살고 있다.

음원 인기 차트를 보면 엄청난 팬덤을 가진 아이돌 노래 사이에서 비슷한 듯하지만 조금씩 다른 이별 노래가 꿋꿋하게 버티고 있는 걸 확인할 수 있다. 이럴 때면 이별의 고통에 전염성이 있는 것은 아닐까 하는 생각도 든다. 연예인이나 유명인의 열애설이 터질 때마다 한 커플의 아름다운 탄생보다 그들이 언제 헤어질지를 점치는 사람이 더 많은 것은 그만큼 우리에게 이별이 일상에 가까울 만큼 자주 반복하는 경험임을 보여주는 것이다. 이렇듯 이별이 나만의 일은 아니다.

살아오면서 직접 경험한 이별과 주변 사람이나 다양한 미디어를 통해 내 것인 양 간접 경험한 이별까지 모두 모아보면, 아마도 이별에 대한 우리의 경험치는 '만렙(온라인 게임에서 사용하는 캐릭터가 도달할 수 있는 최대 레벨)'을 쌓고도 남을 것이다. 하지만 놀랍게도 우리는 그토록 많은 이별을 경험하고도 좀처럼 이별에 익숙해지지 못한다. 매번 경험하는 이별은 매번 새로운 슬픔으로 우리를 자극한다. 특히 연애를 끝마치는 이별은 지독히도 우리를 괴롭힌다.

사실 이건 너무도 당연한 현상이다. 우리의 연애는 유일했기 때문이다. 이 세상에는 수많은 사람들이 사랑을 키워나가고 있다. 하지만 저마다 다른 연애를 하고 있다. 어떤 연애도 같은 것은 없으며, 어떤 연애도 지난 만남과 똑같이 되풀이되지 않는다. 설사 한 사람과 만남과 헤어짐을 반복하더라도 그와의 매 순간은 분명 달랐을 것이다. 그날의 온도, 바람, 햇살, 구름에도 영향을 받았고 전날 본 영화나 드라마, 아침에 마신 커피 한 잔의 맛, 오늘의 대화, 약속, 웃음, 서운함, 질투, 화… 모든 날, 모든 순간의 연애는 다른 감정으로 촘촘히 이어져 있다. 사랑은 저마다 다르고, 모든 이별도 다르다. 그래서 우리는 좀처럼 이별에 익숙해질 수 없다.

충분히 방황하고 마음껏 찌질해지자

이처럼 과거의 연애 경험과 직간접적인 이별의 경험이 무색할 만큼 우리는 내성이 전혀 없는 상태로 이별을 맞이한다. 처음으로 연인과 이별하는 사람도, 이미 여러 차례 이별을 치르고 또다시 이별을 맞이하는 사람도 각자의 이별은 각자의 사랑만큼 아프다.

우리는 이별에 결코 익숙해질 수 없으며, 이별의 고통에서 아무리 도망치려고 해도 어떤 방식으로든 우리를 찾아온다는 것을 인정해야 한다. 그러니 이별을 미리 대비하지도, 이별을 걱정하지도 말자. 일단 뜨겁게 사랑하자. 그리고 피할 수 없는 이별이 찾아오면 자신의 이별을 오롯이 완성하자.

이별은 누구에게나 두렵고 겁나는 일이고, 몇 번을 반복해도 좀처럼 익숙해질 수 없는 것이다. 그러니 이별한 다음 충분히 방황하고 충분히 찌질해지자. 어딘가 부족했던 과거의 연애에서 무언가를 배우지 않으면 내일 시작할 새로운 만남에서 똑같은 실수를 반복할 수밖에 없으니까. 다만 영원히 찌질하지는 말자. 그건 우리 스스로 지난 사랑에 최선을 다하지 않았다는 후회의 늪에 빠지는 것이다. 적어도 최선을 다해 사랑했다면, 이별이 우리를 아프게 할지는 몰라도 초라하게 만들지는 않는다.

미국 심리학협회의 연구 결과에 따르면 인간의 마음은 시간의 흐름에 따라 이별의 상처를 치유하도록 프로그래밍되어 있다고 한다. 시간이 지나면 이별의 상처에 딱지가 앉고 우리는 점차 이별의 고통에 무뎌지며 어느새 상처는 잘 보이지 않을 정도로 희미해질 것이다. 그렇게 우리는 끝내 이별을 견뎌내게 된다. 이렇게 상실의 아픔이 점차 잊히는 순간이 찾아오면 새로운 관계를 맺을 준비가 된 것이다.

영화 〈중경삼림〉은 실연당한 두 남자의 모습을 그려낸다. 이제 막 연인에게 버림받은 그들은 각자의 방법으로 상처를 이겨낸다. 자신의 생일이자 연인과 헤어진 지 꼭 한 달째인 5월 1일 자의 통조림을 모으는 남자, 자기 집에 남겨진 연인의 물건과 계속 대화하는 남자. 그들은 매일같이 이별의 상처를 되새김질하며 이별의 고통에서 헤어 나오지 못할 것처럼 보인다. 그러나 홀로 이별을 되새기는 시간은 그대로 이별의 상처를 스스로 치료하는 시간이 된다. 놀랍게도 아픔은 시간이 갈수록 옅어지고, 어느 틈엔가 과거의 연인을 만나도 아무렇지도 않을 만큼 상처는 치유되어 있다. 상실의 아픔을 더 이상 느끼지 못하는 순간, 그들 앞에는 새로운 만남도 성큼 다가와 있다.

이별에서 위험한 것은 상처가 아니다. 이별 후의 아픔이 두려워 억지로 관계를 이어나가는 것이다. 깊은 관계를 끊어버리는 것은 고통스러운 일이다. 하지만 연애를 하면서 나의 행복을 확신할 수 없는 순간이 오거나 서로에게 상처를 주면서까지 관계를 억지로 이어나갈 필요는 없다. 서로를 아프게 하는 관계를 계속 붙잡고 있는 것은 나에게도 상대에게도 아무 도움이 되지 않는다.

이별은 분명 아프지만 우리에게는 그것을 극복해낼 힘이 있다. 따라서 우리는 기억해야 한다. 그토록 아팠던 이별도 결국엔 잊힌다는 것을 말이다. 시간의 힘을 이기는 이별이란 존재하지 않는다. 그저 버티라는 말이 아니다. 이별에 아프다면, 맘껏 울어도 좋다. 우는 만큼 망각의 축복도 보다 성큼 다가올 테니 말이다.

덕질이 연애보다 나은
세 가지 이유

나만 안 되는 연애

무한 경쟁 시대인 오늘날은 연애조차 스펙 싸움이 되고 있다. 취업에 꼭 필요한 스펙이 학점이나 토익 점수뿐이라고 생각하는 사람은 거의 없다. 호감형 외모, 누구와도 잘 어울리는 성격, 말 센스, 상대를 편안하게 해주는 능력도 일종의 스펙이다. 그리고 이러한 스펙은 사람과의 관계에서 두드러진다. 당연히 그런 사람들은 연애도 잘한다. 그러다 보니 연애 자체가 스펙이라고 말하는 상황까지 이르게 된 것이다. 이런저런 스펙을 따지다 보면 마치 연애가 대단한 과제처럼 여겨지기도 한다.

여기에는 사회적인 배경도 있다. 지금 우리나라는 세계 최저의 혼인율과 출산율이라는 불명예 때문에 골머리를 앓고 있다. 이대로 가다가는 세계지도에서 가장 먼저 사라질 나라가 될지도 모른다는 불안감에 사회 전체가 연애와 결혼을 적극 권장하며 등 떠미는 분위기다. 하지만 어릴 적엔 대학에 들어가느라, 대학에선 취업 준비하느라, 취업해서는 생존하느라 어느새 연애조차 사치로 느껴지는 게 현실이다. 연애를 하기 싫은 게 아니라 할 수 없는 것이다.

나만 연애가 안 되는 상황에 놓인 청춘들이 점점 많아지고 있다. 연애를 꿈꿀 수조차 없는 현실에 질리기 시작한다. 그 때문일까? 어느새 우리 주변에는 연애 불능에서 연애 거부, 심지어는 연애 혐오로 넘어간 사람들이 많다.

지금 연애하지 않는 자, 무죄
지금 행복하지 않은 자, 유죄

그렇다면 연애는 꼭 해야 하는 걸까? 연애하지 않으면 잘 사는 것이라 할 수 없는 걸까? 그렇지 않다. 연애를 안 하거나 못 한다고 해서 스펙이 낮거나 문제가 있는 것은 아니다. 우리가 삶에서 행복을 느끼거나 목표로 하는 가치는 여러 가지다. 그 수많은 가치 중 하나가 연애일 뿐, 연애가 우리를 판단하는 기준이 되어서는 안 된다.

우리는 수많은 보기 중 '연애'라는 루트를 선택하지 않은 사람들의 판단을 존중해야 한다. 연애를 하지 않는 것은 연애의 필요성을 못 느낀다는 것이다. 여기에는 다양하고도 타당한 이유가 있다. 우선 연애하지 않는 지금의 일상이 충분히 행복하다면 굳이 연애할 필요가 없다. 그리고 일이나 취업 등 당장 오롯이 집중해야 할 일이 있는데 연애를 하면서 돈, 시간, 감정 등의 노력을 감당할 자신이 없다면 연애에서 한 걸음 떨어져도 좋지 않을까?

나에게 연애보다 더 큰 즐거움을 주는 일이 있다면 연애하지 않아도 괜찮다. 중요한 것은 연애를 하느냐 하지 않느냐가 아니다. 내가 더 행복하게 사는 것이다. 게다가 이 세상에는 연애를 대체하고도 남을 즐겁고 신나는 일들이 너무도 많다. 만약 연애에 딱히 관심이 없고 행복하지도 않다면 연애를 대신해 오랜 시간 큰 기쁨과 만족을 얻을 수 있는 방법을 찾아야 한다. 개인적으로는 '덕질(어떤 일이나 사람을 열성적으로 좋아하는 것)'을 추천하고 싶다. 남아도는 연애 세포를 활용해 덕질의 세계에 빠져보기를 권한다.

덕질의 세계를 사람과 사물로 나눌 필요는 없다. 하지만 덕질의 진정한 매력은 사람을 향할 때 더 강렬해지는 것 같다. 서태지와 에쵸티(H.O.T.)가 이 땅에 아이돌이라는 씨앗을 뿌린 이후, 덕질은 사춘기의 통과의례가 됐다. 하지만 무엇보다 큰 덕질의 매력은 자신에게 가장 잘 맞는 방법으로 소소하지만 확실한 행복을 얻을 수 있다는 것이다. 이 행복은 때때로 연애보다 더 큰 충만함으로 우리 삶을 채워준다. 무언가 하고 싶어 견딜 수 없는 것, 하루 종일 하고 싶을 만큼 좋은 것. 이게 바로 덕질의 기본 조건이다. 너무 좋아서 연애도 생각 안 나는 덕질의 매력은 무엇일까?

첫째, 불변의 대상이 있다

덕질의 가장 큰 매력은 '절대 불변'이다. 이는 연애보다 덕질이 좋은 이유이기도 하다. 우리의 연애가 실패로 끝나는 가장 큰 원인은 상대에 대한 감정이 변하는 것이다. 처음 그에게 빠져들게 했던 매력이 나중에는 그에게 실망하게 만드는 결정적인 계기가 되고, 이것이 시발점이 되어 두 사람의 관계가 깨져버리는 것은 상당히 흔한 이별이다.

그런데 덕질에는 이러한 좌절이 없다. 덕질은 자신의 취향을 듬뿍 반영한 것이며 반복되는 일상에 새로운 활력을 불어넣어 삶을 즐기는 방식 중 하나다. 내가 들이대는 덕질 상대는 좀처럼 일상에서 마주치기 어려운 존재다. 저 높은 곳의 별보다 멀어서 감히 가까이 다가갈 수 없고 변함없이 반짝반짝 빛난다. 더구나 대중의 사랑을 먹고 사는 그는 늘 최상의 모습을 보여주기 위해 노력한다. 때문에 사랑의 계기는 쉽사리 훼손되지 않는다.

둘째, 거절당하지 않는다.

연애의 필수 조건은 자신의 감정을 고백하는 것이다. 그것은 맨몸으로 다른 사람 앞에서 낱낱이 파헤쳐지는 느낌에 가깝다. 그래서 좋아하는 사람이 생겨도 선뜻 고백할 용기가 없어 썸만 타다가 흐지부지 끝나거나 거절당할까 봐

두려워서 짝사랑밖에 못 하는 사람도 많다. 가까스로 고백의 관문을 통과했다고 연인 사이가 되는 것은 아니다. 상대를 좋아하는 내 마음을 보여주는 것만으로 연애가 시작되지는 않는다. 여기에 내 마음을 받아들이는 상대의 선택이 이 사랑에 절대적인 필요충분조건이다. 그런데 덕질은 이런 걱정을 할 필요가 없다. 내 사랑을 상대에게 고백하거나 허락을 구하지 않아도 된다. '입덕(어떤 일이나 사람을 열성적으로 좋아하기 시작하는 것)'과 함께 나 홀로 1일이 가능하다. 그러니 거절당할 일도 없다. 자기 충족도와 자기 만족도가 매우 높은 사랑인 셈이다.

셋째, 선택의 자유가 보장된다.

연애는 우리에게 행복을 주지만 때때로 그것이 끝난 뒤 날카로운 칼이 되어 우리 가슴을 찌르기도 한다. 칼날을 겨누는 것은 상대일 수도 있고 나 자신일 수도 있다. 연애 관계란 결코 혼자서는 이루어질 수 없는, 두 사람이 서로를 향하는 일대일의 쌍방향이다. 이 관계에서 다른 사람과 연애 감정을 주고받는 것은 상대를 배신하는 행위로 여겨진다. 우리는 배신자의 '바람'에 분노한다. 연애의 달콤함 뒤에 따라오는 실패의 쓴맛은 생각 이상으로 뒤끝이 길다. 이러한 경험 때문에 상처 주기 싫고, 상처 입기 싫어서 연애를 기피하는 사람도 많다.

하지만 덕질의 세계는 다르다. 드넓은 덕질의 강호에는 의리와 배신이 난무하는데, 여기에서 도덕성을 지적하는 사람은 별로 없다. 언제든 마음이 바뀌면 상대의 상황에 관계없이 '탈덕(어떤 일이나 사람을 열성적으로 좋아하는 것을 그만둠)'을 선언할 수 있다. 입덕만큼이나 탈덕도 간편하고 즉각적이다. 이 과정에서 상처 입는 사람은 별로 없다.

그뿐만이 아니다. 일대다(多)의 애정도 충분히 가능하다. 덕질의 대상은 하나일 수도 여럿일 수도 있다. 현실에서는 불가능에 가까운 다자연애가 덕질에서는 얼마든지 가능하다. 여기에는 어떤 지탄이나 비난도 따르지 않는다. 그저 시간과 약간의 여유 자금만으로도 충분하다. 완벽한 선택의 자유가 보장된 사랑인 것이다.

덕질과 연애 사이

이토록 좋은 점이 많은데도 여전히 많은 사람들이 덕질

보다 연애를 꿈꾼다. tvN에서 방영한 드라마 〈그녀의 사생활〉은 웹툰 〈누나 팬 닷컴〉을 원작으로 한다. 직장에서는 완벽한 큐레이터지만 일상에서는 아이돌을 향한 덕력(덕후로서의 능력)을 뽐내는 여주인공 성덕미(박민영 분)의 모습을 흥미롭게 그렸다. 보통 덕후라고 하면 어린 학생이나 백수의 이미지를 떠올린다. 하지만 성덕미는 직장에서는 큐레이터의 교본 같은 프로페셔널한 모습으로 일코(일반인 코스프레의 줄임말) 행세를 한다. 회사를 벗어나는 순간 그녀는 남자 아이돌 그룹 화이트 오션의 멤버 차시안(정제원 분)의 홈마 '시안은 나의 길'로 활동하며 완벽한 이중생활을 해낸다.

이 작품이 흥미로운 것은 이중생활의 묘미만이 아니다. 성덕미와 라이언 골드(김재욱 분)가 연인으로 거듭나는 과정에서 가상 연애인 덕질과 현실 연애가 공존할 수 있음을 확인하는 통쾌함이 있기 때문이다. 성덕미는 자신의 취향마저도 가치로 인정해주는 연인 라이언을 통해 일과 사랑뿐 아니라 덕질까지 쟁취해냈다. 더구나 라이언은 그녀의 스타인 차시안의 형이니, 말 그대로 '성덕(성공한 덕후)'의 반열에 오른다. 실제로 이 드라마를 본 덕후들은 "한 번 사는 인생 성덕미처럼 살자!"를 외쳤다고 한다.

덕질의 매력은 여러 통계에서도 확인할 수 있다. 결혼 정보회사 듀오는 2017년 취미 생활, 즉 덕질로 인해 연애를 미룬 경험에 관해 설문조사를 진행했다. 그 결과 여성 40.8%, 남성 30.9%가 실제로 연애보다 덕질에 몰입했다고 대답했다. 그리고 이들의 66.4%가 연인이 취미 생활을 공개했을 경우 '각자의 고유한 영역으로 인정해준다', '연인의 취미를 함께 하고 싶다'라고 대답했다.

그러나 완벽하게 자신에 취향에 몰입한 덕후도 불같은 사랑 앞에서는 흔들릴 수밖에 없는 것일까? 연애와 덕질 사이에서 성덕미의 저울은 필연적으로 연애로 기울고 만다. 어쩌면 그것은 너무나도 당연한 결과일지도 모르겠다. 멀리 떠 있는 별이 아무리 아름다워도 우리는 스스로 뿌리내린 일상에서 살아갈 수밖에 없다. 그러니 먼 곳에 있는 스타보다 내 옆에 있는 '그'에게 흔들릴 수밖에. 그렇다고 고민할 필요는 없다. 그때부터는 연인의 덕후가 되면 그만이다. 내가 가진 연애세포를 덕질에 쏟았으니 연인을 덕질하면 된다. 이보다 더 효율적인 연애도 없을 것이다.

여기서 다시 질문하지 않을 수 없다. 탈연애와 비연애가 연애와 결혼만큼 일상적이고 보편적인 풍경이 되어가고 있는 지금, 그럼에도 우리는 왜 연애를 꿈꾸고 TV나 영화 속 로맨스에 매료될까?

답은 하나다. 우리는 모두 근본적으로 외롭기 때문이다. 모니터 앞에서 하루 종일 동경하는 별들의 흔적을 뒤쫓거나 복잡한 매뉴얼을 낱낱이 분석하며 프라모델을 조립하는 덕질의 매력도, 내 옆의 단 한 사람과 나누는 소소한 일상의 수다를 뛰어넘기에는 조금 부족하다. 그런 의미에서 나는 사랑을 이룬 성덕미가 자신의 덕력을 상실하지 않은 것이야말로 〈그녀의 사생활〉이 가진 최고의 가치라고 생각한다. 여기에는 지금껏 사랑을 위해 무언가를 포기해야 했던 여성을 그려낸 늘 똑같은 로맨스가 이제는 좀 바뀌길 바라는 마음이 담겨 있다.

이제 드라마는 끝났지만 현실 어딘가에서 그들과 비슷한 연애가 지금도 이어지고 있을 것이다. 그 모든 로맨스의 주인공들이 자신의 정체성을 상실하지 않는 연애를 이어가길 바란다. 그리하여 연애가 우리를 배신하는 순간에도 그다음의 행복한 연애를 꿈꿀 수 있는 기폭제가 더욱더 많아지기를 말이다.

지금 찾고 있는 건,
유니콘이다

"너는 어떤 사람이 이상형이야?"

친한 사람들과 이런 질문을 주고받은 적이 있다. 주로 연애하고 싶다는 친구에게 어울릴 만한 사람을 소개해주려 할 때 하는 말이다. 살면서 여러 번 들어봤을 질문이지만, 쉽고 간단하게 대답할 수 있는 것은 아니다.

이상형의 사전적 의미는 '생각할 수 있는 범위 안에서 가장 완전하다고 여겨지는 사람의 유형'이다. 그런데 이 '완전함'의 기준에는 철저히 개인의 취향이 반영된다. 그래서 우리는 저마다 다른 이상형을 가지고 있다. 더구나 이상형은 고정되어 있지 않고 시시때때로 변한다. 사춘기 시절의 이상형과 지금의 이상형이 다른 것처럼 말이다.

확고한 이상형을 가지고 있다고 하더라도 그것 역시 자신의 취향일 뿐이다. 내 취향을 다른 사람에게 설명한다는 것은 서로 다른 재료를 가지고 다른 밑그림에 다른 색을 칠하는 것과 같다.

프랑스의 사회학자 피에르 부르디외(Pierre Bourdieu)는 "취향이란 사람이 살아온 환경 속에서 생겨나는 것이며, 이를 통해 타인과 자신을 구분하는 것"이라고 말했다. 서로 간의 차이를 드러내는 것이 취향이라는 말이다. 그러니 내 취향을 듬뿍 반영한 이상형을, 전혀 다른 취향을 가진 사람이 이해한다는 것은 쉬운 일이 아니다. 그렇다고 구체적으로 말하자니 해야 할 말들이 한도 끝도 없이 늘어진다. 취향을 존중받는다는 게 이렇게 어렵다.

일례로 내 이상형의 첫 번째 조건은 '다정한 사람'이다. 그 말을 들은 친구가 "나도 그래"라고 대답했다. 그렇다면 두 사람의 이상형은 같은 것일까? 당연히 아니다. 내가 생각하는 다정함의 정도와 친구가 생각하는 다정함의 기준이 같다고 할 수 없기 때문이다. 두 사람이 생각하는 다정함의 가치 역시 개인의 취향에 따른 차이가 있다. 나의 경우에는 말을 부드럽게 하는 사람을 다정하다고 여기는데, 친구는 기념일이나 일정 같은 것을 꼼꼼하게 챙겨주는 사람을 다정하다고 생각하기 때문이다.

그뿐만이 아니다. 다정함의 범위도 다르다. 다정함이 누구를 향하느냐에 따라 완전히 다른 다정함이 만들어진다. 나에게 있어서 이상형은 모두에게 다정한 사람이지만, 친구는 자신에게만 다정해야 한다고 한다. 이상형의 조건이 다정함이라는 것은 같아도, 여기에 개인적 취향이 반영되면 완전히 달라지고 마는 것이다.

좋은 사람 있으면 소개시켜줘

그렇다면 내가 연애하고 싶은 사람의 조건을 모두 말하면 이상형을 소개받을 수 있을까?

"내가 만나고 싶은 사람은 누구에게나 다정하고, 책 읽는 것을 좋아하고, 피부는 하얀 편이고, 어깨가 넓었으면, 이왕는 것만큼이나 어렵다.

이제 다시 생각해 보자. 우리는 정말 이상형을 만날 수 있을까? 절대 그럴 수 없다는 것에 한 표를 걸겠다. 내 이상형을 설명하는 단어가 많아질수록 이상형을 만날 가능성은 오히려 줄어든다. 다정하다는 조건 하나도 열 명이 들으면 열 개의 제각기 다른 이상형의 모습이 만들어져 가지를 뻗는다. 여기에 책, 흰 피부, 넓은 어깨, 취미까지 더해지면 눈 깜짝할 사이에 세포 분열하듯 수백, 수천 개의 가지가 뻗어나간다. 물론 그 가지는 철저히 듣는 사람의 개인적 취향에 짜 맞춘 이상형으로 변질된다.

이상형과의 연애가 제일 어렵다

구체적으로 말할수록 듣는 사람에게는 더 모호해지는 것이 어쩌면 이상형의 본질적인 의미인지도 모른다. 그러니 열심히 설명할수록 이상형(理想型)이 이상형(異想型)이 되어 버리는 것이다.

과거의 소개팅 경험을 떠올려 보자. "네 이상형에 꼭 들어맞는 사람"이라는 말만 믿고 나갔다가 낭패를 보는 경우가 얼마나 많은가? 분명 주선자에게 구체적으로 '내 스타일'을 이야기했음에도 소개팅 자리에 나온 사람에게서 이상형의 모습을 전혀 찾을 수 없었을 것이다. 이렇게 구구절절 이상형을 말한 보람이 사라지는 순간을 우리는 여러 번 경험했다.

이제 눈치 챘을 것 같다. 이 세상에서 가장 이루어지기 어려운 만남이 '이상형과의 소개팅'이라는 사실을. 내가 말한 이상형의 모습은 다른 사람의 '귀'와 '상상'이라는 필터를 거치고 난 후에는 완전히 다른 모습으로 변해버리기 때문이다. 철저하게 내 취향이라고 생각하는 조건들은, 오직 내 머릿속에 있을 때만 그대로 유지될 수 있다.

그럼에도 이러한 이상형은 나에게도 주선자에게도 소개팅을 위한 일종의 '가이드라인'이 된다. 이 가이드라인 때문에 사람을 만날 기회 자체를 놓치기도 하고, 모처럼 괜찮은 사람을 만나도 연애로 발전하지 못한다. 이상형이 아니라는 쓸데없는 이유로 마음을 열지 못하는 것이다. 그래놓고는 하염없이 푸념을 늘어놓는다.

"사람을 만나야 연애를 하지. 도대체 사람을 만날 수가 없다고."

누구나 가슴 속에
이상형 하나쯤은 있는 거잖아요

설명해도 제대로 이해하는 사람이 없고, 완벽하게 딱 맞는 사람을 찾기도 힘든 이상형을, 그럼에도 포기하지 못하는 이유는 무엇일까? '홀로'일 때 그리고 그 홀로의 기간이 길어질수록 더 간절하게 이상형을 그리기 때문이다. 연애를 하지 않을 때 우리는 지금이야말로 자신이 꿈꾸었던 '그 대상(이상형)'을 만날 절호의 기회일지도 모른다는 막연한 희망을 가슴에 새긴다.

그 희망이 미디어와 만나면 이상형의 존재감은 더 커진다. TV, 영화, 웹툰, 유튜브 등에서 본 캐릭터에 이상형을 빗대어 말하는 것이다. 덕분에 훨씬 구체적으로 이상형을 설명할 수 있다.

"쌍꺼풀 없는 큰 눈에 소년 같은 미소를 가진 사람, 무엇보다 나에게만큼은 한없이 착한 남자가 좋아."

이상형을 묻는 말에 이렇게 대답하면 듣는 사람 모두 각자 다른 사람을 떠올릴 것이다. 하지만 "〈남자친구〉에 나오는 박보검 같은 남자가 좋아"라고 말하면 상황이 달라진다. 드라마를 본 사람이라면 박보검이 연기한 김진혁이라는 인물이 가진 이미지를 바로 그려낼 수 있기 때문이다. 사람들은 보통 언어로 표현하는 것보다 이미지로 보는 모습을 훨씬 현실적으로 이해한다. 같은 이상형이라고 해도 말로만 설명하는 것보다 누군가의 캐릭터를 가져와 설명하는 것이 훨씬 구체적인 것처럼 느껴진다.

그래서일까? 결국 어느 순간, 우리는 자신의 이상형을 언어로 표현하는 것을 포기한다. 미디어 속 이미지로 말하기가 훨씬 쉽고, 정확하다고 느끼기 때문이다. 실제로도 TV나 영화 속 등장인물을 이상형이라고 말하면, 듣자마자 무릎을 치면서 어떤 스타일인지 단박에 알아챈다.

그런데 곰곰이 다시 생각해 보자. 영화나 드라마, 웹툰이나 소설 속 등장인물은 정말 내가 생각하는 그 이상형이 맞을까? 우리는 분명히 그들이 우리의 이상형이라고, 혹은 이상형에 가깝다고 생각하지만 실제로는 그렇지 않은 경우가 더 많다. '이상'이라는 말에는 이미 도달 불가능하다는 뜻이

포함되어 있다. 따라서 이상형이란 말 자체가 그 사람이 현실에 존재하지 않는 사람임을 의미한다. 미디어 속 캐릭터는 현실적으로는 불가능하지만 상상으로는 가능한 모습들을 끌어모아 만든 존재다. 결국 우리는 '이상형'을 말하기 위해 그보다 더 비현실적인 '이상향'을 말하는 잘못을 저지르고 있다.

내 눈앞 이상형?
내 눈앞 폭탄일 수도

겉으로는 툴툴거리지만 알고 보면 속 깊고 자상한 남자는 오랜 시간 동안 사랑받아왔다. 수년 전부터는 이런 남자를 가리켜 '츤데레'라고 부른다. 일본 만화를 통해 들어온 이 단어는 퉁명스럽고 쌀쌀맞게 구는 '츤츤(つんつん)'과 좋아하는 사람 앞에서 부끄러워하는 '데레데레(でれでれ)'의 합성어다. 이렇게 '쿨(cool)'과 '웜(warm)'을 넘나드는 츤데레남 캐릭터가 TV나 영화에 자주 등장하기 시작했고, 우리는 겉과 속이 다른 그 남자들에게 매력을 느꼈다.

이면 취미도 같이 즐길 수 있으면……."

이상형을 묻는 질문에 이렇게 대답한다고 치자. 과연 이런 나에게 '괜찮은 사람'을 소개해주고 싶다는 생각이 들까? 듣기만 해도 피곤해진다. 게다가 이렇게 세부적인 조건을 모두 갖춘 이상형을 찾는다는 것은 불가능에 가깝다. 설사 있다고 해도 이렇게 괜찮은 사람이라면 이미 다른 사람의 남자친구일 가능성이 크다.

이 세상에 남자들은 별처럼 많다. 그중에서 가장 반짝이는 별을 얻고 싶겠지만 이상형의 조건이 자세할수록 별은 점점 멀어진다. 누구에게나 다정하지만 책을 잘 읽지 않는다면? 다정하고 책도 좋아하고 어깨도 넓지만 피부가 까무잡잡하다면? 이상형 탈락이니 좋은 사람이 있어도 소개해줄 수 없다. 이렇게 소개팅이 물 건너간다.

절대 일어날 수 없는 일이겠지만, 혹시나 나의 확고한 취향을 충분히 존중해주는 주선자가 존재한다면? 이때는 소개팅 따위가 중요한 것이 아니다. 일단 그런 사람이 있다면, 일생을 걸고 그와 친분을 유지해야 한다. 그토록 타인의 취향을 존중하고 이해하려고 노력하는 사람은 결코 흔치 않기 때문이다. 이러한 지인을 만난다는 것은 이상형을 만나 실제로 정말 많은 사람들이 츤데레남 캐릭터에 열광한다. 이유는 간단하다. 우리 모두는 그가 겉으로 툴툴거릴 때조차, 그가 사실은 굉장히 다정하고 괜찮은 남자라는 것을 알고 있다. 그래서 심술궂어 보이기도 하는 그의 성격을 애정 관계에 서툰 것이라는 핑계로 덮어준다. 그리고 까칠함을 그의 매력 포인트로 받아들인다.

하지만 현실에서 진짜 츤데레를 만나도 그럴 수 있을까? 시종일관 툴툴거리는 사람이 매력적으로 보일 가능성은 매우 낮다. 알고 보면 속마음이 따뜻한 사람이라는 것은 보여주지 않으면 알 수 없다. 우리가 원하는 것은 웹툰 작가 조석이 유행시킨 '나는 차가운 도시 남자, 하지만 내 여자에겐 따뜻하겠지' 같은 츤데레다. 그런데 현실의 츤데레는 '그냥 차가운 남자'에서 끝난다. '내 여자에겐 따뜻하겠지'를 보여주기도 전에 그에게 실망해 버리니까.

남자들의 이상형도 마찬가지다. 바람만 불어도 날아갈 듯 보호 본능마저 일으키는 아름답고 가냘픈 외모, 여기에 지고지순한 마음까지 가진 여성의 모습에 많은 남자들이 열광했다. '청순가련'한 캐릭터는 남자들의 영원한 첫사랑 이미지다. 그런데 실제로 청순가련한 여자가 자신의 옆에 있을 때 모든 것을 받아주는 남자는 생각보다 많지 않다. 처음에는 그저 예쁜 것만으로도 충분하다. 하지만 만날 때마다 지켜주고 챙겨줘야 할 것들이 끊이지 않는다면? 피곤한 현실에 지쳐 이상형의 콩깍지가 벗겨질 게 뻔하다.

이쯤 되면 TV 속 이상형도 현실에서 만나면 폭탄이 된다는 것을 충분히 짐작할 수 있으리라. 실제로 이런 사람과 만나면 금세 손사래를 치며 도망칠 사람이 열에 여덟은 될 것이다. 그럼에도 우리가 미디어 속 인물을 이상형이라고 착각하며 가슴에 담아두는 이유는 오직 하나다. 우리는 그들의 속마음까지 모두 꿰뚫고 있는 관객이기 때문이다.

'전지적 관객 시점'에서 벗어나기

우리가 좋아하는 드라마의 주인공은 TV 속에서만 산다. 이 사실을 인정하지 못하면, 현실 속 우리는 점점 연애 불구자가 된다. TV 속 이상형은 '답정너(답은 정해져 있으니, 너만 대답하면 돼)'에 가까운 캐릭터다. 그들은 애초에 모든 이의 사랑을 받을 수밖에 없는 운명으로 결정된 존재들이고,

그래서 모든 사건과 상황은 그들의 매력을 빛낼 수 있도록 조절되어 있다. 게다가 우리는 그들의 내면을 그들 자신보다 더 잘 이해하는 '전지적 관객 시점'에 놓여 있다. 그러니 어떻게 사랑하지 않을 수 있겠는가? 우리가 사랑하는 건 이 모든 과정을 포함한 캐릭터다.

하지만 현실에서는 이 모든 전제가 불가능하다. TV 밖에서 이상형을 찾는 건 전설에서나 볼 수 있는 유니콘을 찾는 것과 다를 게 없다. 유니콘과 연애한 사람을 본 적이 있는가? 모든 이상형은 허구다. 따라서 현실 속 이상형을 애타게 찾을수록 오히려 현실과 이상의 괴리에서 좌절감만 맛볼 뿐이다. 운 좋게 자신의 이상형에 가까운 사람을 소개받거나 만나게 되더라도, 머릿속에서 그렸던 이상형과 실제의 '그'는 절대로 일치할 수 없다. 현실 속의 그 사람 앞에서 나는 '전지적 관객'이 될 수 없기 때문이다.

그러므로 진짜 연애를 하고 싶다면, 먼저 '전지적 관객 시점'에서 벗어나야 한다. 자신의 연애를 관객의 마음으로 즐길 수 있는 사람은 아무도 없다. 내 연애의 주인공은 나뿐이다. 또한 지켜보는 것이 즐거운 사람과 함께할 때 행복한 사람은 다르다. 이상형 찾기가 유니콘 찾기에 가까운 이유는 여기서 분명해진다.

　이제 유니콘을 찾겠다는 생각은 버리자. 그리고 기억하자. 만일 우리가 현실에서 유니콘과 마주친다면 상상과는 완전히 다른 모습에 실망할 가능성이 높다는 것을.

썸, 참을 수 없는 연애의
가벼움

썸의 시대

따뜻한 햇살, 달콤한 바람, 기분 좋은 노래들이 거리 곳곳을 채우는 계절, 봄. 봄바람에 벚꽃이 날리는 하늘을 보면 연애라는 말만 들어도 철벽을 치는 자발적 솔로마저 "썸 타고 싶다"라는 말을 저절로 내뱉는다.

이제는 너무 익숙해진 단어, 썸(some). 정확하게 설명하긴 어렵지만 듣기만 해도 마음이 간질간질해진다. 이 말은 언제부터 우리 일상 속으로 들어온 걸까? 썸은 '말로는 설명할 수 없는 무언가가 있다'는 썸싱(something)의 약자다. 우리나라에서는 사귀는 것은 아니지만 호감은 주고받는, 아직 확실하지 않은 남녀 사이를 가리키는 말로 쓰인다. 가수 소유가 부른 〈썸〉에서 '요즘 따라 내 거인 듯 내 거 아닌 내 거 같은 너'라는 한 문장에 아슬아슬한 감정의 줄타기가 모두 담겨 있다.

사실 썸 이전에도 이런 개념은 항상 존재했다. 가령 '사랑과 우정 사이', '친구 이상 연인 미만' 같은 것 말이다. 시간이 흘러 이 복잡한 관계는 '썸'이라는 오직 한 음절로 정의할 수 있게 되었다.

정확한 시작점은 알 수 없지만 썸이 일상이 돼버린 이유는 분명하게 알 수 있다. 자기감정에 충실하지만 아직 미래에 대한 확신이 없는 청춘들이 연애에 다가가는 데 이보다 더 적절한 방법도 없기 때문이다.

'연애'라고 하면 진지하고 묵직한 남녀 사이가 '썸'이라는 명칭을 달면 훨씬 가볍고 발랄해진다. 좋아하는 감정을 가지고 만나되 오랫동안 함께하자는 약속은 하지 않기 때문이다. 진짜 연애에서 느끼는 긴장이나 풋풋함을 느끼기엔 부족함이 없고, 책임이나 부담은 따라오지 않는다. 그리고 썸을 타는 상대가 보여주는 이런저런 모습을 하나씩 퍼즐로 맞춰나가는 설렘도 있다. 불확실성이 그대로 설렘으로 이어지는 것은 썸이 주는 가장 큰 매력이다.

서로에게 호감은 있지만 아직 정식으로 연애를 하는 것은 아닌 특별한 관계. 그러면서도 상대의 거절이라는 불안으로부터 자신의 자존심을 지킬 수 있는 마지노선. 이것이 썸의 진짜 의미가 아닐까?

'썸'이라 쓰고
'어장 관리'라 읽는다

사귀는 건 아니지만 하루의 첫 카톡과 끝 카톡을 함께 하고, 주변 친구들이 "너네 사귀냐?"라고 몇 번을 물어보는 남자가 있다. 그와의 데이트 도중 친구와 마주쳤다. 그를 무어라 소개할 건가? 애인은 아니고, 남자친구도 아니고, 남사친(남자 사람 친구)도 아니다. 아무 관계도 없는 사이는 아닌데, 한마디로 정리되는 관계도 아니다. 이런 애매한 사이의 그에게 썸남보다 더 어울리는 말이 있을까?

썸은 저마다의 복잡 미묘한 개인적인 감정에 고민하지 않고 부담 없이 붙일 수 있는 만능 단어다. 그래서 우리는 썸이라는 상태에 중독됐다. 우리가 연애 대신 썸에 빠진 가장 큰 이유는 둘 중 어느 누구도 이 관계에 대한 책임을 지지 않는다는 것이다. 서로를 썸남 썸녀로 지칭해도, 혹은 일방적으로 상대를 그렇게 불러도 책임질 문제가 없다. 정식으로 교제하는 사이가 아니니 서로를 속박하거나 관계성에서 잘잘못을 따질 필요도 없다.

연애를 하게 되면 자연스레 상대의 단점이 조금씩 눈에 들어오기 마련이다. 이때 연애를 계속하려면 단점을 극복하기 위해 돈과 시간, 마음과 노력을 많이 들여야 한다. 그런데 썸을 탈 때는 그럴 필요가 없다. 좋으면 계속 가고, 아니면 끝내면 그만이다. 그래서 썸을 탈 때는 좋은 감정만 가져갈 수 있다. 두 사람의 감정을 확정하기 직전의 아슬아슬한 관계이기 때문에 오히려 상대에게 더욱 집중하게 되고, 상대가 보여주는 작은 호감의 증거들을 즐겁게 받아들일 수 있다. 서로를 구속하고 요구하고 책임지는 복잡한 관계에서 자유로운 것이다. 이렇게 보면 썸은 즐겁고 행복한 긴장으로만 가득한 관계처럼 느껴진다.

하지만 썸이라는 말이 유행하면서 부작용도 같이 생겨났

다. 이제 우리는 호감 가는 상대를 진지하게 탐색하거나 오래도록 가슴에 품지 않는다. 가벼운 호감의 테두리 안에서만 이루어지는 썸은 그 상대를 언제든지 쉽게 바꿔버린다. 관계에 상처받기 싫어 드는 보험인 동시에 지금 잡고 있는 상대의 손을 언제라도 놓아버릴 수 있다는 가벼운 마음을 보여주는 것. 이렇게 쉬운 관계가 바로 썸의 민낯이다. 우리가 '썸'이라고 부르는 한없이 가벼운 관계가 '어장 관리'로 읽혀버리는 경우가 더 많은 것도 이러한 이유 때문이다.

상처받지 않을 다정의 거리

처음 썸이라는 단어가 등장했을 때만 해도 사람들은 '호감은 있지만 아직 정식으로 사귀지는 않는 사이' 정도로 여겼다. 연애로 가기 전의 설렘을 보여주는 연애의 한 과정이라 생각했다.

그러나 이 단어에는 미처 예상하지 못한 엄청난 파급력이 숨어 있었다. 연애나 사랑이라는 말이 가져다주는 진지함과 묵직함에 사로잡히지 않고, 오직 순간의 감정에만 충실한 채 상대를 만날 수 있는 자극적인 관계다. 거의 매일 만나 데이트하고 수시로 연락을 주고받으며 관계를 이어나가지만 결코 사귀는 것은 아니다. 이게 바로 오늘의 썸이 보여주는 특별한 풍경이다.

확실히 썸은 매력적인 구석이 많다. 일단 확실한 고백을 하지 않아도 설렘을 전제로 한 만남을 지속할 수 있다는 것이 강점이다. 모든 사람이 그런 건 아니겠지만, 본격적으로 연애가 시작되면 설렘과 긴장이 만들어낸 스파크가 다소 약해진다. 이 사람을 꼭 잡아야겠다는 간절함이 사라지고, 상대가 적극적으로 다가오지 않아 안달이 나지도 않고, 이쯤에서 포기할까 싶은 불안도 없다. 두 사람의 관계가 어느 정도 안정권에 접어들기 때문이다. 이런 감정의 변화는 카톡, 보이스톡, 영상통화 같은 것이 없던 시절에 감질나게 연애하다 결혼하면서 매일 보는 사이가 됐을 때 느끼던 것과 같다. 과거에 연애를 하다가 결혼하면서 느끼는 '편해지면서 설렘이 줄어드는' 감정을 이제는 썸에서 연애로 넘어갈 때 느끼는 것이다.

이처럼 썸은 연애의 시작과 함께 딸려오는 구속과 책임에서 자유롭게 만들어주는 한편, 이 관계에 대한 확실한 결정을 최대한 늦춤으로써 '설렘'의 지속 시간을 늘린다. 다만 썸이 주는 설렘이 길어지면 아직 서로를 독점할 수 없다는 불안함을 자극한다. 그러면서 점점 속박하고 싶다는 욕망을 부풀리는 모순을 드러낸다.

속마음을 제대로 보여주지 않은 채 적당한 거리에서 에둘러 마음을 표현하는 두 사람의 모습에 썸이라는 관계가 다소 이기적으로 보이기까지 한다. 그러나 이러한 관계의 뒷면에는 사실 지독한 두려움이 숨어 있다. 내 마음을 고백하고 상처받는 것이 두려운 사람들끼리 가장 그럴듯한 핑계를 댈 수 있는 관계가 썸이다. 결국 썸은 상처받을지도 모른다는 두려움에서 시작한다.

사귀는 것은 아니지만 신경은 쓰이고, 상대의 감정을 확신할 수는 없지만 호감을 보내되, 언제든 등 돌릴 수 있는 일말의 여지를 남기는 것이다. 결국 썸이란 고백하지 않았기에 서로를 구속할 필요도 없으니, 언제든지 관계를 끝낼 수 있다는 가능성을 가지고 만나겠다는 마음이다. 연애로 발전하지 않아도 마지막까지 자존심만큼은 지켜낼 수 있는 관계, 그것이 바로 우리가 썸에 중독된 이유가 아닐까?

우리에게 썸은 달콤한 함정이다. 상대를 향한 한 걸음의 가능성 앞에서 머뭇거리는 사이, 우리는 스스로가 판 함정에 빠지고 있다는 사실을 눈치채지 못한다. 썸을 타는 동안 우리가 상대에게 보내는 다정함은 사실 위장에 가깝다. 스스로 상처받지 않기 위해 언제든 관계를 끊어버릴 수 있을 만큼만 다정하기 때문이다. 썸 이상의 관계로 발전하는 게 두려워 진짜 속마음을 보여주지 않고 감정을 숨기는 것이다. 한없이 머뭇거리며 연애로 발전하지 못하는 썸만 타는 것은 자기 마음에 견고한 벽을 쌓는 일에 가깝다. 다정한 듯하지만 상대가 결코 가까이 다가설 수 없는 이 다정함의 거리에서 빠져나오지 않는 한 진정한 애정은 아득히 멀기만 하다.

언제라도 등 돌릴 수 있는 애정

그런데 이제 '썸'은 연애로 가는 과정이라기보다 사실상 연애를 대신하는 말이 되었다. 대체 왜 우리는 썸을 연애로 여기게 된 걸까? 그리고 썸이라는 말은 어떻게 연애라는 뜻으로 확장된 걸까?

지금의 청춘들은 N 가지의 것들을 포기한 N포세대다. 그중에서도 가장 먼저 등장한 것이 삼포세대다. 사회적·경제적 상황 때문에 연애, 결혼, 출산 세 가지를 포기한 세대다. 한때는 청춘이라는 빛나는 단어로 포장되었던 그들이 좀처럼 연애를 하지 않으려 하고, 연애를 한다고 해도 결혼은 할 생각이 없으며, 결혼을 하더라도 출산은 포기하고 있다. 여기에서 취업과 내 집 마련을 포기하면 오포세대가 된다. 슬프게도 N의 숫자는 계속해서 커지고 있다.

여기서 우리가 주목해야 할 것은 연애의 포기다. 언뜻 연애는 결혼과 출산이라는 단계로 이어지는 과정의 일부처럼 느껴진다. 하지만 결혼과 출산이 갖는 관계와 비교했을 때 비교적 독립적이고 느슨한 형태를 가지고 있다. 그럼에도 연애를 포기한다는 것은 사실상 타인과의 관계를 포기하는 것으로 이어질 가능성이 높다.

따라서 썸이 연애라는 말을 대체해버린 상황을 단순히 쉽고 가볍게 연애하기 위한 것으로 여겨서는 안 된다. 연애는 결혼과 달리 서로에 대해 법적인 구속이나 책임을 강요하지 않는다. 하지만 연애에도 엄연히 도의적 구속과 책임이 뒤따른다. 연애는 두 사람의 약속인 동시에 다른 사람들에게 관계를 인정받는 사귐이기 때문이다. 이렇게 확실한 관계를 설정하고 나면 감수해야 할 것들이 생긴다. 따라서 두 사람이 연인이 된다는 것은 마냥 가벼울 수만은 없는 관계가 된다는 것을 의미하기도 한다.

그에 비해 썸은 얼마나 가벼운가? 상대의 마음을 확신할 수 없다는 불안만 제외한다면 구속도 책임도 없이 '설렘'으로만 가득한 만남이 지속된다. 물론 썸도 어느 정도 시간이 지나면 어쩔 수 없이 선택이라는 난관에 부딪칠 수밖에 없겠지만 말이다. 안타깝게도 많은 사람들이 썸에서 연애로 넘어가는 그 선택의 고비에서 마음을 놓아버리고 만다. 언제라도 등 돌릴 수 있는 쉬운 애정에 익숙해지면서 썸만 타다 끝나는 만남을 반복하며 살아간다. 썸만 탄다고 두 사람의 관계가 의미 없는 것은 아니다. 하지만 두 사람의 감정이 연애로 발전할 때 비로소 썸의 역할이 빛날 수 있다.

결국 연애를 하지 않고 썸 타는 것으로 충분하다는 것은 관계 맺음에서 오는 책임보다 불확실한 관계에서 오는 불안을 선택하겠다는 것이다. 어느새 우리에게 썸에서 연애로 넘어가는 드라마틱한 변화는 오직 로맨스 드라마에서나 가능한 일이 되었고, 가벼운 관계에 중독된 우리는 진짜 연애는 시작도 하지 못하게 돼버렸다.

연애는 도자기와 같다. 좋은 흙을 구해 적당량 물을 부어 반죽하고, 너무 약하지도 강하지도 않게 힘을 주어 일정한 박자로 물레를 돌려 도자기를 빚어야 한다. 여기까지가 썸이다. 이렇게 빚은 도자기를 잘 말려서 가마에 넣어 구워야 비로소 연애가 시작된다. 잘 구워진 도자기는 제각각의 색과 빛을 낸다. 도자기는 한 번 깨지면 다시는 원래의 모습으로 돌아갈 수 없다. 그만큼 서로의 신뢰를 깨뜨리지 않기 위해 노력하는 것이 연애다. 그런데 도자기를 빚기만 하고 굽지 않으면 어느 순간 새로운 도자기를 빚어도 놓을 공간이 없어진다. 누구도 받아들일 수 없는, 즉 연애를 할 수 없는 사람이 되고 마는 것이다. 그러니 열심히 도자기를 빚고(썸 타고), 열심히 구워서(연애하고), 깨지면 다시 구워서(다시 연애해서) 같은 이유로 깨뜨리는 일이 없도록 해야 한다. 내 인생을 내가 선택하지 못하면 그 누구도 나를 선택해주지 않듯이, 내가 빚은 도자기를 가마에 넣지 못하면 그 누구도 아름다운 색과 빛을 가진 도자기를 볼 수 없다.

사랑의 콩깍지가 위험한 이유

나쁜 남자에게 끌리는 이유

나는 걸그룹 레드벨벳을 좋아한다. 그들은 밝고 귀여운 이미지의 '레드'와 걸 크러시의 '벨벳'이라는 두 가지 콘셉트로 활동한다. 벨벳 이미지를 좋아하는 나는 그들의 노래 중 〈RBB(Really Bad Boy)〉를 특히 '애정'한다. 이 노래는 여자들끼리의 수다라는 상황에서 드러난 애정의 모순을 잘 담아내고 있어 흥미롭다.

한 여자가 요즘 만나는 새로운 남자에 대해 말한다. 그러자 다른 친구들이 이구동성으로 외친다.

"걔는 안 돼. 너무 나빠. 네가 다쳐."

이 여자, 저 여자 떠보고 다니는 남자이기에 그녀가 상처 받을 것을 염려하는 마음이다. 하지만 그녀는 자신이 완전히 빠져 있는 남자와의 연애를 아무도 응원해주지 않아 패닉에 빠져 버린다. 사실은 그녀도 새 남자친구가 나쁜 남자라는 사실을 이미 알고 있다. 알지만 머릿속은 온통 그 남자로 가득 차 있고 강렬한 끌림을 막을 수 없다. 결국 그녀는 좋아하는 마음을 거두지 못한다.

여자들에게 나쁜 남자와 착한 남자 중 누가 좋은지 물어보면 대부분 착한 남자를 선택한다. 하지만 많은 여자들이 나쁜 남자에게 끌린다. 사랑에 빠지면 보고 싶은 것만 보고, 듣고 싶은 말만 듣기 때문이다. 남들에겐 나쁜 남자일지 몰라도 나에겐 매력적인 남자가 되는 것이다.

콩깍지 필터링은 위대하다

어떤 이유든 '콩깍지'라는 특별한 렌즈가 우리 눈을 덮으면 오직 한 사람에 대해서만은 부정적인 것이 모두 필터링

된다. 아무리 기술이 발전한다고 해도 콩깍지보다 결점을 완벽하게 제거해줄 필터는 개발할 수 없을 것이다.

　사랑의 콩깍지는 나쁜 남자든 착한 남자든 가리지 않는다. 사람마다 이성에게 매력을 느끼는 포인트가 다르듯이, 우리 눈에 콩깍지가 제대로 쓴 이유도 제각각이다. 이 콩깍지 덕분에 우리는 사랑도 하고, 연애도 하고, 누군가와 평생을 함께하겠다는 생각으로 결혼을 선택하기도 한다. 이것을 착각이라고 말하는 사람도 있다. 그러나 어차피 이 콩깍지는 오직 한 사람에게만 특화된 맞춤형 렌즈이니까, 그 사람의 세계 안에서만큼은 완벽함을 자랑한다.

　재미있게도 자기 눈에 쓴 콩깍지에는 둔한 사람도 타인의 눈에 쓴 콩깍지에는 매우 예민하다. 그래서 자기 연애는 늘 실패하는 사람도 타인의 연애에 대해서는 적절한 조언을 건넬 수 있다. 심지어 자신은 성공하지 못한 콩깍지 벗겨내는 방법을 알려주기도 한다. 그래서 우리는 모두 자기 연애에는 무능할지라도 타인의 연애에는 객관적이고 전문적인 카운슬링이 가능하다. 내가 이 책에서 떠드는 이야기 역시 마찬가지다. 정작 연애 중일 때는 제대로 보이지 않던 것들이 한 발자국 떨어져 타인의 시선에서 연애를 바라보니 모르고 지나쳤던 것들이 눈에 들어왔다.

바보야, 문제는 자존감이야

다시 노래로 돌아와 보자. 나쁜 남자에게 끌리는 이유는 뭘까? 무엇이 콩깍지라는 필터를 만들어내는 걸까? 우리는 자신에게 잘해주는 사람에게 호감을 느낀다. 호감이 지속되면 두 사람의 관계는 발전한다. 그런데 우리는 때로 자신에게 관심도, 호감도 없는 나쁜 남자에게 빠진다. 모든 것은 인간의 오래된 착각 때문이다. 바로 '나는 특별할지도 모른다'라는 기대 말이다.

여기서 주목해야 할 것은 믿음이 아닌 기대라는 사실이다. 비록 그가 나쁜 남자일지는 몰라도 나에게는 다를 것이라는 간절한 기다림은 어떤 조언이나 타격에도 흔들리지 않는다. 기대의 주체가 나 자신이기 때문이다. 스스로 가능성이 없음을 깨닫고 포기하는 것 외에는 방법이 없다.

여기서 콩깍지의 맨얼굴이 드러난다. 누군가로부터 사랑받고 싶은 마음이 우리의 눈에 콩깍지를 씌운 것이다. 그때부터 나는 사랑받을 자격이 충분하다고 믿기 시작하고 모든 정보로부터 우리 자신을 차단시킨다. 사랑받고 싶다는 욕망보다 사랑받지 못할 것이라는 불안이 앞설 때, 우리의 콩깍지는 점점 더 강력한 필터를 작동시킨다.

우리는 이 콩깍지의 필터를 조절할 수 있는 능력을 갖추기 위해 노력해야 한다. 이를 위해서는 먼저 자기 자신을 사랑하고 나의 가치를 인정해야 한다. 스스로에게 건네는 애정이 더해질수록 콩깍지의 두께는 가벼워지고 필터를 올바르게 조절할 수 있다.

사람은 첫 경험에 쉽게 함몰된다. 처음 써본 콩깍지의 위력은 엄청나다. 콩깍지의 위험에 빠지지 않기 위해서는 다양한 필터를 사용해봐야 한다. 그래야 제 눈에 맞는 콩깍지를 선택할 수 있다. 그러니 더 많은 사람과의 관계 속에서 자신을 들여다보는 시간을 갖자. 누군가는 이것을 어장 관리라고 말할지도 모르겠다. 그러나 나를 잃지 않고 자존감을 지키며 사랑하는 관계를 맺을 수 있는 사람은 단번에 찾을 수 없다. 어장 관리가 아닌 나에게 꼭 맞는 적당한 크기의 어항을 찾아 나서는 여정이라고 생각하자.

그러니 딸아, 연애를 해라!

우리는 사랑하기 위해 태어났다

2400여 년 전, 인간은 동글동글한 몸과 네 개의 팔, 네 개의 다리, 하나의 머리에 두 개의 얼굴을 가지고 빙글빙글 굴러다녔다. 마치 두 명의 사람이 등을 맞붙인 모습이었다. 그들은 강력하고 활력이 넘쳤으며 기품이 있었기에 신들에게 대항했다. 어느 날 그들은 신을 공격하려 하늘로 올라갔다. 차마 인간을 죽일 수는 없던 제우스와 다른 신들은 고민 끝에 "그들을 살려두되 지금보다 약하게 만들어 건방진 성질을 없애버리자"라고 입을 모았다. 그리하여 제우스와 신들은 벼락을 쳐 그들을 둘로 잘랐다. 그날 이후 인간은 온전한 존재였던 시절을 그리워하며 나머지 반쪽을 찾아 헤맸다. 더는 굴러다닐 수 없으니 두 다리만으로 걸어 다녀야 했다. 하지만 반으로 나뉜 인간들은 한데 뒤엉켰고, 아수라장에서 헤어진 탓에 나머지 반쪽을 찾기란 여간 힘든 게 아니었다.

본래 온전한 존재였지만 강제로 나뉜 후 예전의 온전함을 그리워하는 것. 그래서 헤어진 반쪽을 찾아 나서는 것을 가리켜 우리는 '사랑(연애)'이라 부른다. 그리고 각각의 존재가 헤어진 반쪽을 다시 만나 온전하게 되면 비로소 행복을 느끼는 것이 '인간'이다.

이 이야기는 철학자 플라톤이 쓴 《향연》에 나오는 내용이다. 플라톤에 의하면 인간은 불완전한 반쪽이기 때문에 잃어버린 반쪽을 찾아 완전한 하나가 되고자 한다. 이것은 오랜 숙명이며 여기에서 사랑이 시작되었다고 한다. 반쪽을 만나러 가는 여정은 너무도 험난해서 쉽게 찾을 수가 없다. 그래서 우리는 반쪽을 찾아 헤매는 동안 고독과 외로움을 느낀다.

이렇게 우리는 사랑하기 위해 태어났지만, 서양의 러브
(love)에 해당하는 '연애'라는 말이 우리나라에 들어온 것은
불과 100년 남짓이다. 1912년 〈매일신보〉에 연재된 조중
환의 번안 소설 《쌍옥루》에 처음 등장했다. 일본식 조어인
'렌아이(恋愛)'를 우리 식으로 읽은 것인데, 사랑 중에서도
남녀가 교제하는 데이트의 개념이 포함된 애정 관계를 가리
키는 말이었다.

당시 우리나라에서 사용했던 '사랑'이라는 단어는 근대적
인 남녀관계보다 충(忠)과 효(孝)의 의미에 더 가까웠다. 본
래 사랑이라는 말의 어원은 '오래 생각한다'라는 의미를 가
지고 있다. 임금과 나라에 충직하고, 부모님을 잘 섬기는 것
을 사랑이라 여긴 것이다. 여기에 연인 사이의 애정이 끼어
들 자리는 없었다. 그때만 해도 결혼 전에 남녀가 따로 만
나는 것이 금기시되어 있었고, 혼인조차도 남녀의 문제가
아니라 가문과 가문의 결합에 가까웠기 때문이다.

하지만 연애라는 단어가 세상에 나오면서 변했다. 부모
가 선택한 배우자와 결혼하는 관습을 거부하고 자신이 좋

아하는 사람과 사랑을 나누는 자유연애를 하기 시작했다. 1980년대 후반에는 드디어 연애결혼이 중매결혼을 넘어섰다. 연애라는 신풍속이 우리나라에 들어온 지 80년 가까이 지났을 때였다.

자유롭게 연애할 권리를 갖게 된 우리는 지금 반쪽을 찾아 연애하고 사랑하며 행복을 느끼고 있을까?

연애를 망설이게 하는 것들

우리 선조들은 이 땅에서 마음껏 사랑하고 마음껏 행복하기 위해 목숨 걸고 자유연애를 주장했다. 하지만 지금 많은 여성들이 연애를 망설이고 있다. 비연애, 탈연애를 선언하며 연애하지 않을 자유와 권리를 주장한다. 자유롭게 연애할 수 있는 권리를 위해 싸운 게 불과 100여 년 전 일인데 왜 우리는 지금 비연애와 탈연애를 선언하는 걸까? 이유는 단순하다. 안타깝게도 진정한 자유연애의 시대는 아직 오지 않았기 때문이다.

우리 사회에는 여성을 차별하는 멸칭(蔑稱)이 유독 많다.

결혼한 부인을 향한 존칭이었던 마담이나 젊은 여성을 높여 부르던 아가씨와 같은 호칭은 지금 성매매업소에서 애칭처럼 사용한다. 누구나 한 번쯤은 들어봤을 된장녀, 김치녀, 맘충과 같은 여성 혐오 발언은 이제 일상 영역의 용어가 됐다. 이러한 경멸하는 명칭은 여성을 향한 차별과 무시, 혐오를 부추기는 무서운 힘을 가졌다.

그뿐인가. 주민등록번호 뒷자리 중 성별을 상징하는 첫 번째 숫자는 남자에게 1을, 여자에게 2를 부여했다. 결혼 후 남편은 아내의 여동생에게는 '처제', 남동생에게는 '처남'이라고 부른다. 그런데 아내는 남편의 동생들에게 '아가씨'와 '도련님'이라고 부른다. 명절에 아내는 '시댁'에 가고 남편은 '처가'에 간다. 아이들은 아빠의 부모를 '할아버지, 할머니'라고 부르지만 엄마의 부모는 '외할아버지, 외할머니'라고 부른다. 바깥을 뜻하는 외(外)를 붙인 이유는 뭘까? 이렇게 남편 가족은 높여 부르고 아내의 가족은 하대하는 관습이 깔려 있다.

문제는 우리가 이런 사회와 문화를 너무도 당연하게 여기는 상대와 연애를 하면서 상실감을 느끼는 데 있다. 여성은 어려야 하고, 예뻐야 하고, 청순해야 하고, 얌전해야 하고,

그러면서도 싹싹해야 한다는 고정관념을 남자들이 갖고 있기 때문이다. 손에 잡힐 듯 잡히지 않는 진정한 자유연애를 꿈꾸는 여성들은 이런 현실에서 여전히 연애를 망설이는 중이다.

우리는 트로피가 아니다

유사 자유연애가 결혼으로 이어지면 상황은 더욱 혼란스럽다.

1950년대 미국에 등장한 신조어 중 트로피 와이프(trophy wife)라는 것이 있다. 사회적으로나 경제적으로 성공한 남성이 조강지처와 이혼한 뒤 몇 차례의 결혼을 반복한 끝에 얻은 젊고 아름다운 아내를 비유적으로 이르는 말이다. 트로피 와이프는 집안일을 전담하는 전업주부다. 남자들은 젊고 매력적인 여성이 오직 자신만을 위해 요리하고 온종일 자신을 기다린다는 것에 성취감과 만족을 느낀다.

트로피는 전리품 또는 노획물을 뜻한다. 동화나 신화에서 전쟁에 나가 승리한 영웅들이 전리품으로 얻었던 아름다운 여인처럼, 현대 사회에서 젊고 아름다운 아내는 남자의 성공을 상징한다. 어린데, 예쁘면서, 몸매도 좋고, 패션 감각까지 넘치는, 집안일만 하는 여성은 평범한 중년 남성이 일반적인 방법으로는 아내로 맞이할 수 없다. 그래서 그런 여성의 남편은 사회적 지위와 명예, 그리고 넘치는 재력과 권력을 가진 능력 있는 남자로 평가받는다. 아내는 남자의 성공을 상징하는 일종의 트로피로서 그녀의 존재는 한 사람이 아닌 사물처럼 여겨진다.

그런데 우리나라에서는 훨씬 노골적인 경멸을 담아 트로피 와이프를 꼬집었다. '취집'이라는 단어가 그것이다. 1997년 IMF 이후 생겨난 이 신조어는 '취직 대신 시집'이라는 말을 줄인 것으로 여성에 대한 차별적 시선을 그대로 사회적인 용어로까지 확장한 멸칭이다.

트로피 와이프가 남자의 능력을 상징하는 것이라면, 취집은 여자의 무능력함을 상징한다. IMF 당시 극심한 취업난으로 취업 대신 결혼을 선택한 여자들을 향한 조롱 대신 만들어진 단어이기 때문이다. 그런데 2018년 기준 노동 가능 연령(15세~64세)의 전업주부 비율은 48.7%로 맞벌이 주부보다 적다. 그럼에도 결혼 후 여자가 일을 그만두거나 육

아에 집중하겠다고 하면 마치 트로피 와이프처럼 속 편한 인생을 산다며 비아냥거린다.

이런 사회적 분위기는 여성에게 인정받고 싶으면 결혼한 뒤에도 열심히 일하면서 가사와 육아까지 완벽하게 해내라며 슈퍼우먼이 되기를 강요했다. 그리고 지금은 이런 아내를 둔 남편이 능력 있는 남자로 평가받는다.

하지만 우리는 남성들의 가치를 높여주기 위한 트로피가 아니다. 연애는 고작 연애일 뿐, 그것이 서로의 가치를 증명해주지는 못한다. 우리가 가치를 증명해줄 수 있는 것은 오직 나 자신뿐이다.

'홀로' 당당해야
'함께' 당당할 수 있다.

여전히 심각한 남녀차별이 남아 있는 사회에서 우리는 연애의 의미를 되새김질할 필요가 있다. 100년 전 이 땅에 연애라는 말이 처음 들어왔을 때의 가치를 다시 생각해보자. 나답게 살아갈 수 있도록 해주는 것, 당당하게 주눅 들지 않고 앞으로 걸어 나갈 수 있도록 해주는 것이 연애가 되어야 한다. 이런 연애는 무엇보다 나의 삶과 나의 존재 자체를 사랑해야 가능하다. 끊임없이 자신을 아끼고 사랑하는 일을 멈추지 않을 때 우리는 연애에서 행복을 찾을 수 있다.

딸아!
너는 결코 그 누구도 아닌 너로서 살기를 바란다. 그런 의미에서 당당하게 필생의 연애에 빠지기를 바란다. 연애를 한다고 해서 누구를 카페에서 만나고 함께 극장에 가고 가슴이 두근거리는 그런 종류를 뜻하는 것이 결코 아니라는 것을 알리라.

그런 것은 연애가 아니란다. 사람을 진실로 사귀는 것도 아니란다. 많은 경우의 결혼이 지루하고 불행한 것은 바로 그런 건성 연애를 사랑으로 착각했기 때문이다.

딸아!
진실로 자기의 일을 누구에게도 기대거나 응석 떨지 않는 그 어른의 전 존재로서 먼저 연애를 하기를 바란다.

문정희 시인의 산문 〈딸아, 연애를 해라〉의 일부다. 우리가 해야 하는 연애는 이 글귀면 충분하다. 여기에 모든 것이 담겨 있다.

시인은 남녀가 만나 데이트하고 두근거리는 그런 것으로 연애의 본질을 삼지 말라고 말한다. 그가 말하는 연애의 본질은 '자존감의 획득'이다. 누군가를 만나 마음을 건네기 전에, 오롯한 자기 자신을 먼저 만나 제대로 자신을 사랑하는 방법부터 배워야 한다는 것이다. '누구에게도 기대거나 응석 떨지 않는 그 어른의 전 존재'가 되어야만 진정한 연애의 주체가 될 수 있다.

누가 우리에게 다이어트를 강요하는가? 누가 우리에게 꽃처럼 아름답기를 요구하는가? 누가 우리에게 남녀 간의 사랑에만 충실할 것을 원하는가?

내 인생을 관통하는 모든 생각과 행동, 그리고 결정은 나에게서 나와야 한다. 나를 보는 타인의 눈이 아니라 자신을 바라보는 나의 눈이 가장 소중하고 가치 있는 것이다. 그러니 이제 뒤돌아보자.

우리의 지난 연애는 어떠했는가? 내 마음이 가장 먼저였는가? 나를 위한 결정에 주저하지 않았는가? 사랑에 모든 것을 올인하지 않고 나를 충만하게 해주는 다른 소중한 것도 열정을 다해 충분히 사랑했는가? 그리고 내 인생의 주인으로서 하늘이 흔들릴 정도로 포효하며 열정을 다했는가?

아직 그러지 못했다면 이제부터 진짜 연애를 하자. 우리는 모두 누군가의 귀하고 아름다운 딸이다. 그러니 딸아, 연애를 해라. 사랑에 빠진 듯 스스로를 아끼며 자신의 인생과 연애해라. 모든 순간을 두려워하지 않고 나의 길을 개척해 나가라.

연애할 때
놓치지 말아야 할 것들

헌신하다 헌신짝 된다

나보다 너를 더 사랑해

드라마 〈쌈 마이웨이〉의 설희(송하윤 분)에겐 6년 사귄 남자친구 주만(안재홍 분)이 있다. 그녀에게 주만은 단순히 연인이 아니라 꿈이자 인생이다. 그래서 자기 자신보다 그를 더 사랑한다. 4년 동안 아르바이트를 한 돈으로 주만의 방세를 내주고, 2년간 취업 뒷바라지까지 했다. 설희의 희생 덕분에 주만은 번듯한 회사에 취업한다. 세상을 다 가진 것 같은 기쁨에 설희는 결혼 이야기를 꺼내지만 그럴 때마다 쭈뼛하며 말을 돌리는 주만이 서운하다. 게다가 예비 시어

머니인 주만의 엄마는 설희가 알아서 설설 긴다며 '설설이'
라 놀리며 그녀를 초라하게 만든다. 결국 두 사람은 6년 연
애에 마침표를 찍었다(물론 주만이 뼈저리게 후회하고 뉘우치면
서 나중에 재결합하긴 했지만).

　그런가 하면 설희의 절친 애라(김지원 분)의 연애 사정도
비슷하다. 그녀는 백화점에서 일하며 고시생 남친 무기(곽
동연 분)의 뒷바라지를 해왔다. 남자친구가 시험에만 붙으면
그동안의 고생을 보상받을 수 있을 거란 기대는 애라의 버
팀목이었다. 그런데 무기 이 나쁜 놈이 붙으라는 시험에는
똑 떨어지고 고시촌 밥집 아줌마와 눈이 맞아 덜컥 아이까
지 가져버리고 말았다. 애라의 청춘 일부가 똑 떨어져 나가
는 순간이었다.

　이 드라마를 본 시청자들이 입을 모아 한 이야기는 "헌
신하다 헌신짝처럼 버려졌다"라는 것이었다. 특히나 설희가
주만을 사랑하는 것도 좋지만 자기 자신을 조금 더 챙기고
사랑했다면 어땠을까 하는 안타까움을 드러내는 사람들이
많았다.

20대~40대가 주로 활동하는 커뮤니티의 연애 카테고리에는 다양한 사연이 넘쳐난다. 여러 고민 중 심심치 않게 눈에 띄는 내용이 '남자친구(여자친구)에게 최선을 다해 잘해줬는데 이별을 통보받았다'라는 것이다. 비슷한 비율로 '연애 초반에는 남자친구(여자친구)가 열정적이고 적극적이었는데, 이제 내가 잘해주기 시작하니 지겨워하더라'는 내용도 자주 올라온다.

실제로 주변을 보면 '저렇게 연애하면 참 행복하겠다' 싶은 마음이 드는 커플이 있는가 하면, '저 사람은 왜 저렇게 매번 상처받으면서도 퍼주기만 하는 연애를 하는 걸까?'라는 생각이 들게 하는 커플도 있다.

설희와 애라처럼 유독 퍼주는 연애를 반복적으로 하는 사람이 있다. 이런 사람이 더욱더 안타까운 것은 매번 "이번만은 다를 거야!"를 외치면서 어떻게든 그 사람과의 관계를 이어나가려고 노력한다는 점이다. 아무리 주변에서 말려도 꿋꿋하게 퍼주는 그 사랑의 끝은 언제나 만신창이다.

혹시 지금 상대에게 무조건 맞춰주는 연애를 하고 있는

가? 아니면 무조건 퍼주기만 하다가 헤어진 경험이 있는가? 사랑에는 맞고 틀림이 없다고 하지만 이런 패턴의 연애를 해왔다면 사랑하는 방법이 잘못된 것이다.

헌신을 자신의 사명처럼 생각하며 퍼주는 사람들은 매번 '을의 연애'를 한다. 늘 더 많이 표현하고 양보하며, 늘 상대에게 맞춰주며 끌려가는 사랑이 바로 을의 연애다. 우리는 연애 경험이 없거나 세상 물정을 잘 모르는 사람들이 상대에게 무조건 맞춰주기만 하는 연애의 함정에 빠진다고 생각한다. 그러나 사회적으로 멋진 커리어를 쌓은 잘나가는 여성들조차 연애에서만큼은 속수무책으로 무너지는 경우가 많다. 이들은 대체 왜 퍼주기만 하는 연애에 빠진 걸까?

착한 사람 콤플렉스에 걸리다

첫 번째는 자기만족이다. 주로 착한 사람 콤플렉스에 걸린 사람들에게서 자주 볼 수 있는 행동이다. 인간은 이기적인 동물이다. 그래서 우리는 헌신을 숭고하고 아름다운 가치로 여긴다. 자신의 이해관계를 생각하지 않고 누군가를 위해 몸과 마음을 바친다는 것이 쉽지 않은 마음의 상태이기 때문이다. 착한 사람 콤플렉스에 사로잡힌 사람에게 헌신은 엄청난 인정욕구를 불러일으킨다.

이런 사람들은 남들의 평가에 민감하다. 좋은 친구, 좋은 연인, 좋은 딸이 되고 싶어 무리해서 착한 모습을 보여주려 한다. 그래야 남들이 자신을 비난하거나 싫어하지 않을 것이라 믿기 때문이다. 이들은 좋은 관계를 유지해야 한다는 강박관념 때문에 연애에서도 자신의 감정에 충실하지 못한다. 상대가 툭툭 내뱉는 말에 상처받고 곱씹어보기도 하지만 화를 내지는 못한다.

문제는 착한 사람 콤플렉스가 상대에게 부담이 된다는 사실이다. 착한 사람이라는 말을 듣기 위해 자신의 욕구를 억압하고 상대에게 모두 맞춰주었기 때문에 자신은 배려했다고 생각한다. 그래서 착한 사람 콤플렉스에 빠진 사람은 늘 배려하기 때문에 손해 보는 것은 자신이라고 생각한다. 하지만 정작 상대는 모든 것을 스스로 결정하지 않고 자신에게 미룬다고 생각하기 쉽다. 그로 인해 배려와 헌신이 부담스럽다. 그것도 모르고 계속 배려하고 퍼주는 사람은 자신이 주는 만큼 사랑받지 못한다는 생각에 상처받는다.

다음은 상대에게 사랑받고 싶다는 마음이다. 이건 연애를 하는 사람이라면 누구나 하는 생각이다. 하지만 순수하게 자신이 기뻐서 상대에게 퍼주는 게 아니라, 내가 상대에게 모든 걸 주면 나를 사랑해줄 것이라는 기대 때문에 퍼주는 것은 완전히 다르다. 퍼주면 나를 사랑해줄 것이라는 생각 뒤에는 그렇지 않으면 사랑받지 못한다는 초조함이 숨어 있기 때문이다.

남에게 베풀기만 하는 사람은 그만큼 두 사람의 관계를 중요하게 생각하는 경우가 많다. 이는 다르게 풀이하면 그만큼 상대에게 바라는 기대와 기준이 높다는 것을 뜻한다. 친구들과의 만남은 뒤로 하고 상대만 만나거나 만날 때마다 선물을 주고, 잘못하지도 않았는데 사과부터 하는 모습, 자기주장 없이 늘 저자세로 상대를 배려하고, 상대방 위주로 모든 스케줄을 조정한다. 내가 다 맞춰주고 모든 걸 희생했으니 상대도 그에 걸맞게 그래 주길 바라는 것이다.

하지만 상대가 원하지도 않았는데 혼자 헌신하고 퍼주면 양쪽 모두 점점 지친다. 언제부턴가 상대의 연락이 줄어들고, 나와의 약속을 취소하고 다른 사람들과 더 많은 시간을 보낸다. 다정했던 말 대신 냉정한 말이 되돌아오고 쉽게 화를 낸다. 이런 모습에 나는 충분한 사랑을 받지 못한다고 느끼고 이전보다 더 많이 헌신하고 가진 것을 더 많이 주려고 한다. 이런 악순환은 이별로 이어진다.

생각보다 많은 사람들이 사랑이라는 이름으로 헌신을 자신의 사명처럼 생각한다. 하지만 관계에서 일방적인 인내와 희생은 사랑의 아름다움이 아니다. 오히려 일상 속에서 이루어지는 로맨스 스캠과 같다. 사랑에 노력이 필요한 것은 분명하지만, 그것이 열정을 넘어 스스로의 자존감까지 무너뜨리게 만들도록 두어서는 안 된다.

혼자 하는 사랑,
혼자 하는 희생

그렇다면 어떻게 해야 일방적으로 헌신하는 모습을 지울 수 있을까?

먼저 이 세상에 나보다 소중한 것은 없다고 생각해야 한다. 사랑하는 사람에게 헌신해야 하고, 퍼줘야 한다고 강요된 생각에서 나오는 배려는 버리는 것이 좋다. 그보다는 상대를 위해 무언가를 했을 때 느끼는 순수한 기쁨에서 우러나오는 배려만 보내자.

만일 상대가 당신의 배려와 희생을 너무도 당연하게 여긴다면 과감하게 떠나자. 그 사람에게 모든 걸 맞추려고 노력하는 데 쓸 에너지를 나와 잘 맞고, 나에게 배려해줄 수 있는 사람을 찾는 데 먼저 쓰자. 나의 헌신을 당연하게 여기는 사람이 아니라, 서로 함께 헌신할 수 있는 사람을 신중하게 고르라는 것이다. 내가 챙겨줄 필요 없이 있는 그대로만으로도 충분한 사람, 그래서 나의 가치를 인정해주고 사랑해줄 수 있는 사람을 만나자.

사랑을 잘 주는 것은 중요하다. 하지만 상대가 나에게 사랑받을 자격이 있는지, 나와 잘 맞는 존재인지 파악하는 게 먼저다. 상대가 그럴 만한 사람이라면 상대를 사랑해줄 때마다 나도 그에게서 사랑받을 자격이 충분한 사람이라는 것을 계속 생각하자. 상대의 기준이 아니라 내 기준으로 나를 바라볼 수 있을 때 건강한 연애를 할 수 있다.

그리고 사랑은 혼자서 지키는 게 아니라 같이 지키는 것이라는 걸 알아야 한다. 두 사람의 관계를 발전시키는 데 필요한 헌신은 한 사람에게 요구되는 것이 아니다. 사랑의 헌신이 아름다울 수 있는 순간은 오직 두 사람이 함께 서로를 위해 노력할 때뿐이다.

사랑은 젓가락과 같다. 한 짝만으로는 아무 쓸모가 없다. 나 혼자 하는 사랑도, 나 혼자 하는 희생도 전혀 아름답지 않다. 지금 당신의 사랑이 오직 당신의 노력만으로 버텨내고 있다면 이제 뒤돌아봐야 한다. 두 사람이 같이 사랑을 지탱할 수 없다면 지금 그 한 짝의 젓가락을 내려놓는 것이 어쩌면 당신이 할 수 있는 가장 아름다운 사랑의 선택일지도 모른다.

싸울 시간도 필요하다

사랑한다면, 싸워라

연인에게 늘 달콤한 핑크빛 로맨스만 있는 것은 아니다. 아무리 사랑하는 사이라도 관계가 깊어지면 다투는 순간이 찾아오기 마련이다. 이럴 때면 분명 이 사람이라면 다 좋을 거라고 생각해서 연애를 시작한 건데, 대체 어디서부터 잘못된 것인지 알 수 없어 지치기도 한다.

수십 년을 서로 다른 배경에서 자란 두 사람이 만났는데 어떻게 아무런 문제가 없을 수 있을까? 게다가 남자와 여자 사이의 미묘한 차이 때문에 우리는 사랑하는 사람과 크고 작은 다툼을 한다.

눈만 마주치면 티격태격 싸우는 커플을 보면 대체 왜 만날까 싶겠지만, 의외로 자주 다투는 커플일수록 사이가 좋은 경우가 많다. 서로에 대해 비아냥거리거나 신체적인 폭력이 오가는 게 아니라면 다툼이 두 사람의 관계에 긍정적인 영향을 주기 때문이다. 싸움을 잘 풀어내기만 하면 두 사람은 오히려 이전보다 더 깊은 관계를 만들 수 있다. 잘 싸우면 서로에 대한 이해의 폭을 넓혀 관계가 발전하기 때문이다.

커뮤니케이션 전문가 조셉 그레니(Joseph Granny)는 싸우지 않는 커플보다 싸우는 커플이 더 행복하다고 느낀다는 조사 결과를 발표했다. 그는 싸우지 않는 커플은 정말 아무 문제가 없는 게 아니라 서로에게 서운하거나 화가 나도 참거나 피하는 것이라고 설명했다. 이럴 경우 두 사람 중 한 명의 인내심이 한계에 다다르면 이별로 이어지기 쉽다고 한다. 따라서 행복한 연애를 하기 위해서는 연인과 감정이 아닌 이성에 따라 논리적으로 싸우는 법을 알아야 한다고 말했다.

잘 싸운다는 것

배우 김원희는 방송에서 한 남자와 연애 14년, 결혼 15년의 총 29년을 사랑하고 있다고 말했다. 그러면서 오랫동안 사랑을 유지하는 비결을 '잘 싸우는 것'이라고 했다. 그녀는 "우리 두 사람은 준비가 안 되어 있을 때 만났다. 그러다 보니 잘 맞지 않는 부분이 많았다. 그럴 때면 쌓아두지 않고 바로 대화를 나눴다"라고 설명했다.

'잘' 싸운다는 것은 툭하면 화를 내거나 싸움을 거는 것을 말하는 게 아니다. 자신의 기준에서 이해할 수 없는 일에 문제를 제기하되 감정적으로 나가지 않고 문제의 본질을 두고 상대와 대화로 풀어나가는 것이다. 아무리 완벽한 사람도 이해할 수 없거나 온전히 받아들일 수 없는 부분이 있다. 이것이 다툼으로 이어질 때 내 감정에만 집중하면 내 생각을 상대에게 제대로 전달할 수 없을뿐더러 서로에게 상처만 준다. 이런 관계는 앞으로 나아갈 수 없다.

상대와 다툴 때는 내가 문제라고 생각하는 것을 명확하게 이야기하고 그에 관해 자신이 느끼는 감정을 솔직하게 전달해야 한다. 이때는 상대의 말을 잘 들어주고 그의 입장을 존중해주는 배려도 필요하다. 그래야 눈앞의 문제뿐 아니라 앞으로 일어날 수도 있는 문제도 좋은 방향으로 해결할 수 있다. 또한 무엇보다 중요한 것은 다툼과 관계없이 서로의 소중함을 잊지 않으려는 노력이다. 잘 싸우는 것을 넘어 사랑하는 마음을 유지하려는 자세가 중요하다. 지금 곁을 지키고 있는 연인에게 모든 감정을 잘 표현하고 그에 관해 많은 대화를 나눈다면 싸우면서 정들고 싸우면서 단단해질 것이다.

감정을 쌓아두기보다는 작은 트러블이 생길 때마다 적극적으로 부딪쳐 해결하니, 다툼이 잦은 만큼 서로의 문제점에 대해 같이 논의할 기회도 많아진다. 그 결과 싸우는 과정에서 서로에 대한 이해가 깊어지는 것이다.

싸움의 기술

잘 싸우는 것은 좋지만, 무작정 티격태격한다고 사랑을 지켜낼 수 있는 것은 아니다. 싸움에는 특별한 기술이 필요하다. 제대로 사랑하기 위해 꼭 필요한 다툼의 전략을 짚어

보자. 머리로는 알지만, 실천이 어려웠던 이 싸움의 기술은 두 사람 사이의 문제가 일어났을 때 관계를 깨뜨리지 않고 더욱 단단하게 만들어줄 것이다.

첫째, 싸우되 서로를 존중해야 한다.

다툰다는 것은 기본적으로 '불쾌'의 감정을 앞세운 행위다. 연인 간의 다툼도 마찬가지다. 그의 말이나 행동을 도저히 받아들일 수 없기 때문에 다툼이 시작된다. 이때 주의해야 하는 것은 '눈에는 눈, 이에는 이' 방식의 일대일 대응으로 싸움이 이루어지는 상황이다. 자신의 불쾌한 감정을 해소하기 위해 그의 불쾌를 자아내는 방식으로 싸우는 것은 두 사람의 관계를 망가뜨리는 치명타가 될 수 있다. 따라서 어떤 순간에서든 서로를 존중해야 한다는 사실을 우선적으로 기억해야 한다. 절대로 상대의 의견을 깎아내리거나 상대의 가치관이 나와 다르다고 무시해서는 안 된다. 내 이야기를 상대가 온전히 들어주기를 바라는 것처럼 상대의 말을 가로막지 말고 처음부터 끝까지 경청하자. 그다음에 내 생각을 말해도 늦지 않다.

둘째, 침착함의 가면을 쓰자.

싸울 때는 약간의 가식이 필요하다. 마치 교양인의 가면

이라도 쓴 것처럼 행동하는 것이다. 끓어오르는 화를 가라앉히는 가장 빠른 방법은 '6초의 법칙'을 따르는 것이다. 우리의 뇌가 분노를 느꼈을 때 그것을 본능적이고 동물적인 감각을 관리하는 편도체에 보내는 시간이 3초다. 이때 참지 못하면 욕을 하거나 주먹이 나간다. 분노가 편도체에서 이성을 담당하는 대뇌피질로 전달되는 시간 역시 3초다. 대뇌피질은 우리의 생각과 언어를 지배한다. 이때 우리의 분노는 본능의 지배를 받지 않고 이성적으로 판단하기 시작한다. 그러니 6초만 버티면 욱하지 않고, 큰소리 내지 않고 침착하게 다툴 수 있다.

그렇다면 이 6초 동안 우리는 무엇을 해야 할까? 차분하게 깊은 숨을 들이마시고 내쉬면서 내가 화가 난 이유를 간단하게 정리하는 것이 좋다. 그리고 자신의 목소리가 일정한 데시벨을 넘었다고 생각되면 경어를 사용하는 것도 잘 싸우는 방법이다. 이렇게 감정을 조율하면서 또 하나의 가면을 쓰는 것이다.

셋째, 한 번에 한 가지만 놓고 싸워라.

지금까지 이야기한 것만으로도 우리는 다툼을 제대로 이끌어나갈 수 있는 기본적인 준비를 마친 셈이다. 그러나 이

기술까지 사용한다면 다툼이 오히려 두 사람의 관계를 더욱 끈끈하게 만들어줄 것이다. 바로 다툼의 '현재'에만 주목하는 것이다. 연인과 다투다 보면 감정의 골짜기 저편에 가라앉아 있던 모든 부정적인 감정이 스멀스멀 올라온다. 특별히 참으려고 노력했던 것까지는 아니지만, 그래도 풀어내지 못한 감정의 찌꺼기를 한 번에 제거하고 싶은 욕망을 참기란 쉽지 않다.

하지만 묵힌 감정을 끄집어내는 것은 다툼에 있어서는 최악의 선택이다. 지금 발생한 갈등에 집중하지 못하고 이미 지나버린 과거의 갈등을 끄집어내면 두 사람은 돌이킬 수 없는 사이가 될 것이다. 예상하지 못한 갈등의 연쇄에서는 잘잘못을 따지는 것 자체가 불가능하기 때문이다. 이런 경우 서로를 향한 감정의 골이 깊어지는 반면 문제를 해결할 방법은 아득히 멀어진다. 따라서 싸울 때는 지금 문제가 된 갈등을 해결하는 데만 집중해야 한다. 갈등 해결은 멀티태스킹이 불가능하다는 사실을 잊지 말자.

넷째, 모든 기술은 상호적이다.

앞에서 이야기한 세 가지 원칙은 반드시 두 사람 모두에게 적용되어야 한다. '나'도 지켜야 하지만, '그'도 지켜야 한다. 이 원칙을 벗어난 싸움은 잘 봉합될 수 없으며 서로에게 상처만 줄 가능성이 높다.

잘 다투고 사랑하자

잘 싸우기 위해서는 전략과 기술이 필요하지만, 그 싸움이 어느 한쪽이 이기고 다른 한쪽이 지는 게임이 되어서는 안 된다. 다툼의 궁극적인 목표는 이기는 것이 아니다. 많은 사람들이 연인과의 다툼에서 이기려고 한다. 흔히 사람들이 '주도권'이라고 말하는 것이 그것이다. 그러나 고작 목소리 한 번 더 크게 내겠다고 사랑하는 이의 마음에 의도적으로 상처를 내는 것은 너무도 어리석은 일이다. 이것이 얼마나 바보 같은 것인지는 오랜 세월을 함께 한 연인이나 부부를 보면 분명해진다. 그들 사이에는 승자도 패자도 없다.

우리가 다투는 이유는 서로가 느끼는 불편함이나 불합리함이 다시 일어나지 않기 위함이다. 나의 분노와 불쾌함을 상대의 탓으로 돌리기 위한 것이 아니다. 자신의 자존심을 지키겠다는 핑계로 서로에게 상처를 주는 것은 두 사람의 관계에서 오직 '나'만 중심에 두겠다는 것과 같다. 이는 이별로 가는 지름길이다.

　너무나 사랑하고 서로를 소중히 여기는 사이라고 해도 일상을 함께 나누는 한 다툼을 피할 수는 없다. 그렇다면 잘 싸워야 오래 사랑할 수 있다. 오래 사랑하기 위해 잘 다투는 법을 고민하는 것이야말로 제대로 사랑하는 방법이 아닐까?

연애에 밀당이 꼭 필요할까?

드라마 〈질투의 화신〉에서 앵커 이화신(조정석 분)은 밀당의 달인이다. 드라마 초반 화신은 자신을 짝사랑하는 표나리(공효진 분)에게 세상 누구보다 까칠하다. 눈이 마주쳐도 모르는 척 피하는 건 기본이고 그녀에게 상처 주는 말도 서슴지 않는다. 그러다가 나리의 도움으로 자신이 유방암에 걸렸다는 사실을 알게 돼 치료를 받으며 두 사람은 아주 조금 가까워진다. 하지만 화신은 여전히 나리에게 냉랭하다. 이때 화신의 오랜 친구 고정원(고경표 분)이 나리에게 관심을 보이자 가슴속에서 조금씩 질투가 차오르기 시작한다. 하지만 밀어내는 법밖에 모르던 화신은 자신의 마음을 숨기고 변함없이 나리에게 쌀쌀맞게 군다. 결국 나리는 화신을 포기하고 정원과의 연애를 시작한다.

이때부터 화신은 나리에게 자신을 봐달라며 적극적으로 어필한다. 관심을 주지 않으면 병원에 가지 않겠다고 생떼를 쓰고, 그녀의 집 근처로 이사와 컵라면과 아이스크림을 먹자며 불러낸다. 가끔은 눈물을 글썽이며 나를 봐달라고 소리치기도 한다. 정원과 자신 사이에서 망설이는 나리를 붙잡기 위해 화신은 후배 홍혜원(서지혜 분)과 키스까지 하며 마음을 흔든다. 그 모습을 본 나리는 화신에게 질투가 난다며 솔직하게 감정을 드러내며 다시 화신에게 다가가기 시작한다. 그런데 화신은 그런 나리를 바로 받아들이지 않는다. 나리가 한 걸음 다가오면 한 걸음 뒤로 물러나기도 하고, 어느 순간에는 금세 몇 걸음을 다가와 나리의 마음속으로 훅 들어가기도 한다. 결국 나리는 예전처럼 화신에게 애달아하며 "내가 뭐든지 다 해줄게"라며 백기를 든다. 그제야 화신은 "이제 좀 사귀자"라며 나리에게 키스한다.

좀처럼 곁을 내주지 않다가 갑자기 한없이 다정해지고,

쉬워 보이다가도 상대가 어려워하도록 만드는 이화신의 밀당은 드라마를 보는 내내 매력남의 정석을 보여줬다.

많은 사람들이 연애를 잘하려면 밀당을 잘해야 한다고 말한다. 그런데 나는 네가 좋고, 너도 내가 좋은데 굳이 밀고 당길 필요가 있는 걸까? 좋아할 시간도 부족한데 왜 눈치 게임을 해야 하는 건지 모르겠다고 생각하는 사람도 많다. 이미 서로의 마음을 확인한 사이에 굳이 밀당을 하며 상대를 계산적으로 대할 필요가 있느냐며 서로 좋아하면 그만 아니냐고 불편해하기도 한다.

하지만 이것은 연애를 잘 모르고 하는 말이다. 사람은 누구나 적당한 장해물이 있을 때 자신이 가진 능력보다 더 많은 것을 발휘한다. 과연 내가 뛰어넘을 수 있을까 걱정했던 장해물을 무사히 통과하면 승리의 기쁨은 말할 것도 없고, 그렇게 얻은 결과물에 대한 애착이 더욱 강해진다. 밀당이 연애를 피곤하게 만드는 것이 아니라 더욱 달콤하고 즐겁게 만든다는 것이다. 물론 이것은 밀당을 제대로 사용했을 때의 이야기다.

이렇게 밀당은 막상 하자니 어떻게 해야 할지 몰라 어렵고, 안 하자니 상대의 마음을 놓칠 것 같아 불안하게 만드는 계륵(鷄肋) 같다. 대체 밀당이란 무엇인가?

한마디로 사랑의 줄다리기

밀당은 한마디로 '사랑의 줄다리기'라고 생각하면 이해하기 쉽다. 지금부터 상상해보자.

당신과 연인은 서로 마주 보고 서서 줄다리기하듯 하나의 줄을 잡고 있다. 두 사람의 목표는 누가 줄다리기에서 이기는지를 확인하는 게 아니다. 두 사람이 그어 놓은 선 밖으로 나가지 않으면서 줄이 풀어지거나 느슨해지지 않도록 최대한 오랫동안 붙잡는 것이다. 줄을 잡은 내 손의 힘이 빠지면 내 앞에 선 그가 줄을 살짝 당겨주고, 그가 잡은 줄이 느슨해지면 내가 그 줄을 살짝 당기면서 팽팽한 줄을 유지하려 노력하면 된다.

두 사람이 잡은 줄은 연인이라는 관계이자 사랑 그 자체다. 줄을 잡은 손을 살짝 풀기도 하고 당기기도 하는 것은 서로에 관한 질투, 애정, 행복, 화, 호기심, 불안, 관심 등의 감정 변화이자 서로를 위한 노력이다. 줄을 손에서 완전히 놓아버려 바닥에 떨어지거나, 줄이나 줄을 잡은 사람이 선 밖으로 나가면 두 사람의 애정과 연애는 끝나는 것이다.

따라서 두 사람은 언제 줄이 풀릴지 계속해서 지켜보고, 줄이 한쪽으로 치우쳐 한 사람이 홀로 너무 긴 줄을 힘겹게 쥐고 있는 것은 아닌지, 자칫 실수로 선 밖으로 벗어나는 것은 아닌지 계속해서 주위를 살펴봐야 한다. 이 모든 과정은 연애의 지속과 긴장감을 유지시켜준다. 이렇듯 밀당은 기본적으로 상대를 향한 관심과 애정, 그리고 배려가 있어야 가능하다. 더불어 두 사람의 관계를 널리 바라보는 통찰력도 가져야 한다.

밀당, 아무도 답을 모른다

나는 살짝 밀었을 뿐인데 너는 저 멀리 밀려났고, 나는 살짝 당겼을 뿐인데 너는 숨 쉴 틈조차 얻지 못해 답답해한다. 이것이 밀당의 맨얼굴이다.

오랜 시간 연애를 지속해온 연인들의 밀당은 적당히 서로에게 설레고, 적당히 서로를 구속하며, 그러면서도 적당히 서로의 프라이버시를 지켜주는 모습이다. 밀당을 잘하는 최고의 기술이 '적당히'라는 것인데, 사실 이것만큼 어려운 말도 없다. 내가 아는 한 적당함이라는 기술을 가장 잘 사용하는 사람은 할머니다. 할머니들이 요리하는 모습을 본 적 있는가. 뭐든 '적당히'를 강조한다. 눈대중으로 적당히 설탕 몇 스푼, 소금 몇 꼬집, 고춧가루를 휘리릭 넣어서 음식을 뚝딱 만든다. 그걸 보고 그대로 따라 해도 도무지 같은 맛이 나질 않는다. 눈대중으로 판단하는 양념의 적당한 양은 지극히 주관적인 기준이기 때문이다.

연애에 있어서의 적당함도 그러하다. 정해진 기준이 없다. 오직 두 사람에게만 맞는 적당함이 있을 뿐이다. 어느 한편으로 기울어지지 않도록 관계의 균형을 맞추는 것은 쉬운 일은 아니다. 실제로 많은 사람들이 한 걸음 밀고, 다시 한 걸음 당기면서 적당한 긴장감을 유지하는 그 기준을 모른다. 오직 경험을 통해서만 알게 되는 것이기 때문이다. 하지만 한 가지 확실한 기준은 있다. 밀당에서 중요한 것이 얼마만큼 밀고 얼마만큼 당기느냐가 아니라는 것이다. 그보다는 선을 넘지 않는 것이 중요하다. 그러니 연인인 두 사람이 서로에게 지켜야 할 최소한의 선을 먼저 확인한 다음 밀당을 시작해야 한다.

밀당의 기술

연애는 혼자 하는 것이 아니라 두 사람이 함께하는 것처럼, 밀당도 두 사람이 함께해야 한다. 이는 두 사람이 모여서 언제 밀고 언제 당길지 작전을 짜라는 게 아니다. 나의 밀당에 그를 참여시킬 방법을 모색해야 한다는 의미다. 밀당을 잘하기 위해서는 무엇보다 '같이' 해야 한다는 것을 잊어서는 안 된다. 그렇다면 같이 하는 밀당은 어떤 걸까?

첫째, 잠깐 멈춤.

이것은 가장 상식적이고 간단한 밀당의 비법이기도 하다. 상대를 내 쪽으로 쑥 잡아당겼다면 잠시 멈추고 그에게도 생각할 여지를 주어야 한다.

가령 이런 것이다. 연애 초기에는 그와 같이하고 싶은 것들이 머릿속에 가득 찬다. 함께 영화를 보고, 맛집을 찾아다니거나 여행도 가고 싶다. 그와의 버킷리스트를 하나씩 이룬다는 사실이 너무나 설레고 벅찬 나머지, 계속해서 감정을 밀어붙이거나 새로운 것을 시도하려고 앞으로만 가려 한다. 그런데 잠깐의 쉼도 없이 움직이다 보면 상대에 대한 배려를 놓치기 쉽다. 내가 그와 하고 싶은 일에만 집중하느라 그가 나와 하고 싶은 것이 무엇인지 고려하지 못하는 것이다.

학교에서는 50분 수업을 하면 10분간의 휴식 시간을 준다. 잠시 뇌를 쉬게 해줘야 기억력이 그만큼 더 활발하게 작용하기 때문이다. 연애도 마찬가지다. 무작정 달려가기보다 잠깐 멈춰 서서 숨 고르기를 해줘야 함께 더 멀리 갈 수 있다.

둘째, 솔직해지기.

각자의 방식대로 살아온 두 사람이 서로의 일상에 녹아든다는 것은 쉬운 일이 아니다. 그것은 자신에게 익숙한 방식을 어느 정도는 포기해야 함을 뜻한다. 그것이 힘들어 연애를 시작하지 못하거나 금세 포기해 버리는 사람들도 많다. 이럴 때 필요한 밀당의 기술은 솔직함이다.

자신의 의사를 분명하게 밝히는 것은 두 사람의 관계를 긍정적으로 만들어주는 자양분이다. 자신의 기준을 넘는 요구는 분명하게 거절하고, 나 역시 상대와의 관계에서 최소한의 선을 넘지 않도록 배려하고 신경 써야 한다. 그다음에는 서로의 생각에 솔직하게 반응하고 두 사람 사이의 간격을 최대한 좁힐 수 있는 방법을 찾아야 한다. 이것도 밀당이다.

대신 두 사람의 생각이 모두 일치하는 합의점을 찾았다면 적극적으로 다가가는 용기도 필요하다. 모든 '밀어냄' 뒤에는 반드시 일정한 '다가섬'이 필요하다는 것을 잊지 말자.

이인삼각, 둘이서 한 걸음

결국 밀당은 내 마음을 보여주고 그의 마음이 답할 시간을 주는 것, 그의 마음을 읽었다면 거절이든 승낙이든 솔직한 내 마음을 알려주는 것. 이것이 전부다.

흔히 사람들은 밀당을 상대가 자신에게 안달하고 매달리게 만드는 것이라고 생각한다. 내가 좋아하는 사람이 나를 더 좋아하게 만드는 비법으로서 밀당을 이용하려는 것이다. 그것은 이미 출발점부터 반칙인 연애다. 한쪽이 더 좋아하는 연애는 쉽게 균형을 잃고 표류하다가 결국 이별의 파도로 스스로 들어가 버리게 된다. 연애의 가장 중요한 목표는 함께하는 것이기 때문이다.

좋아하는 사람과 연인이 되는 것은 쉬운 일이 아니지만, 그 사람과의 연애를 오랫동안 지속하는 것은 더욱 어렵다. 연애는 혼자 내딛는 두 걸음보다 함께 내딛는 한 걸음이 더 중요한 이인삼각과 같다. 따라서 연애에서 밀당을 단지 누군가를 유혹하기 위한 수단으로 여겨서는 안 된다. 그보다는 연인과 오랫동안 지속적으로 사랑하고 함께 발걸음을 내딛기 위한 힌트라고 생각하자.

하지만 도무지 밀당에 자신이 없다면 차라리 과감하게 포기하기를 권한다. 맞지 않는 옷을 입고 어색한 모습을 보여주는 것보다는 자연스러운 맨얼굴을 보여주는 게 상대의 마음을 움직이는 데 더 도움이 될 테니까.

연애는 속도전이 아니다

금사빠, 금방 사랑에서 빠져나오는 사람?

누군가에게 첫눈에 반하는 것은 과연 가능한 일일까? 그렇다면 우리가 첫눈에 사랑에 빠지는 데 걸리는 시간은 얼마일까?

미국의 학술지 「성적 행동에 관한 저널*journal Archives of Sexual Behavior*」에 따르면 첫눈에 반하는 데 걸리는 시간은 단 8.2초라고 한다.

이 저널은 남녀 115명이 매력적인 외모의 배우들과 만나는 자리를 마련했다. 그러고는 학생들의 눈의 움직임을 몰래 촬영했다. 얼마의 시간이 지난 다음 115명의 남녀에게 상대 배우가 얼마나 매력적인지를 점수로 매기도록 했다. 그 결과 상대가 매력적이라고 생각한 사람들이 상대의 눈을 바라본 시간은 평균 8.2초였다. 반대로 상대가 매력적이지 않다고 평가한 사람들이 바라본 시간은 평균 4.5초였다.

즉 사랑에 빠지면 나도 모르게 상대를 계속 쳐다보게 되는데 그 평균 시간이 8.2초라는 것이다. 이 저널의 실험 결과에 따르자면 사랑에 빠지는 데 10초도 채 걸리지 않는 우리는 모두 금사빠(금방 사랑에 빠지는 사람) 기질을 가지고 있다고 할 수 있다.

사실 금방 사랑에 빠지는 것은 별로 어려운 일이 아니다. 눈앞에 매력적인 사람이 있는데 사랑에 빠지지 않는 것이 더 어려운 일이 아니겠는가. 그리고 이보다 더 어려운 게 사랑을 고백하는 일이다. 상대의 마음에 확신이 없는 상황에서 내 마음을 모두 드러내는 것이기 때문이다.

그런데 힘겹게 고백에 성공해 연애를 시작하고 나니 금세 마음이 식어버리는 사람들이 있다. 역시 금사빠는 '금방 사랑에 빠지는' 게 아니라 '금방 사랑에서 빠져나오는' 게 아닐까?

금사빠의 문제는 호감과 사랑을 구분하지 못하는 것이다. 첫눈에 반하기까지 걸리는 시간이 고작 8.2초라고 했지만 이것은 사랑이라기보다 호감에 가까운 감정이다. 이 호감이 좋아하는 감정으로, 그것이 다시 사랑이라는 감정으로 발전했을 때 비로소 사랑에 빠졌다고 할 수 있다. 그런데 금사빠는 이 단계를 뛰어넘어 자기도 모르는 사이에 사랑에 빠졌다고 착각한다. 이렇게 가벼운 인스턴트식 사랑만 하는 금사빠의 연애가 건강할 수 없음은 너무나 분명하다.

나는 왜 금사빠가 되었나

심리학자 일레인 월스터(Elaine Walster)는 사람들이 금방 사랑에 빠지는 이유를 알아보기 위한 실험을 했다. 우선 37명의 여성을 대상으로 가짜 성격 테스트를 진행했다. 그다음 참가자들에게 테스트 결과를 알려주었다. 자신의 성격에 관해 긍정적인 결과를 받은 사람도 있었고 반대로 부정적인 성격이라는 결과지를 받은 사람도 있었다. 얼마 후 그곳에 잘생긴 남자 한 명이 들어와 교수의 제자라며 실험 참가자들에게 말을 걸기 시작했다. 화기애애한 분위기가 이어졌고 제자가 자리를 떠났다. 교수는 참가자들에게 자신의 제자가 어떠한지 물어봤다. 이들 중 제자에게 호감을 느낀 사람이 몇 명 있었는데 놀랍게도 그녀들은 모두 자신의 성격이 나쁘다는 부정적인 테스트 결과를 받은 사람이었다.

즉 스스로에 대해 좋지 않은 평가를 받아 자존감이 떨어진 상태였다는 것이다. 이런 사람들은 타인의 긍정적인 부분을 극대화해 받아들이는 경향을 보인다. 상대가 이성일 경우에는 금세 호감을 느끼는데 이것이 우리가 말하는 금사빠의 모습이다. 심리학자 칼 로저스(Carl Rogers)와 프로이트의 제자였던 정신분석가 테오도르 라이크(Theodor Reik)도 연구 결과 자존감이 낮고 스스로를 비하하는 경향이 강한 사람은 상대적으로 금방 사랑에 빠진다고 밝혔다.

그러니 남들보다 빨리 사랑에 빠지는 금사빠라면 내가 스스로를 너무 낮게 평가하고 있는 것은 아닌지, 내 모습에 대해 자괴감을 느끼는 것은 아닌지 생각해보자. 스스로를 온전히 사랑하지 못하면 누군가에게서 사랑받아도 그 감정을 온전히 느낄 수 없다. 금사빠의 사랑이 금방 끝나는 것도 이 때문이다.

게다가 금방 사랑에 빠지는 사람은 누군가를 좋아하게 될 때 상대를 '이상화'한다. 이는 쉽게 말해 콩깍지가 씌는 것으로, 그의 모든 것이 멋있어 보이고 완벽하게 느껴지는 것이다. 안타깝게도 이러한 콩깍지는 금방 벗겨진다. 그러면서 그동안에는 보이지 않던 모습이 눈에 들어오면서 좋아하는 마음이 식어버린다. 연애가 장밋빛이라고 기대하면 할수록 연애의 현실로부터 느끼는 한계점도 점점 명확해진다. 연애에 대한 환상이 클수록 연애에 대한 실망감도 커질 수밖에 없고, 처음에 좋아한 만큼 실망도 많이 하게 된다.

금사빠들의 특징은 상대의 진짜 모습이 아니라 자신이 상상한 모습을 사랑하는 것이다. 그런데 실제로 연애를 하면서 그 상상이 깨지고 감정은 식어버릴 수밖에 없다. 게다가 연애는 시작하는 그 순간이 정점일 가능성이 높다. 서로에게 호감을 느끼며 밀당하듯 감정을 주고받는 설렘이 폭발하면서 더는 참을 수 없을 때 고백을 하고 연애가 시작되기 때문이다. 서로의 마음을 확인한 이후에는 관계가 안정적으로 변화하는데 금사빠에게 안정감은 그다지 반가운 감정이 아니다. 그들은 마약에 빠진 것처럼 긴장되고 모든 것이 완벽해 보이는 행복감에 도취되어 있다. 금사빠의 사랑이 금방 사랑에서 빠져나올 수밖에 없는 이유다.

세상에서 가장 어려운 일,
사람의 마음을 얻는다는 것

금방 사랑에 빠지는 것은 아닌데 어렵게 연애를 시작해도 금방 사랑에서 빠져나오는 사람도 많다. 오랜 시간 마음을 졸이고 속앓이를 하다가 드디어 연인이 되었는데 막상 연애를 오래 지속하지 못하는 것이다. 대체 왜 그런 걸까.

생텍쥐페리의 《어린 왕자》에서 왕자는 B-612라는 별에 핀 장미를 사랑했다. 그 별을 떠나 지구에 도착한 왕자는 자신의 별에는 단 한 송이뿐이었던 꽃이 수없이 많이 피어 있는 모습을 보고 놀란다.

"나는 내가 이 세상에 하나뿐인 꽃을 가진 부자라고 생각했는데, 흔한 장미꽃 하나를 가졌을 뿐이었어."

실망한 어린 왕자의 말은 마치 눈에 콩깍지가 씌어 이 세상에 단 하나뿐인 운명의 상대라고 생각했던 연인에 대한 믿음이 흔들리는 모습과 같다.

그러던 중 우연히 만난 여우가 왕자에게 이런 말을 한다.

"너의 장미꽃이 그토록 소중한 것은 그 꽃을 위해 네가 공들인 그 시간 때문이야."

그리고 길들임에 대해서도 가르쳐준다.

"내게 있어 너는 아직 몇천, 몇만 명의 어린아이와 조금도 다를 게 없는 사내아이에 지나지 않아. 너에게 나라는 것은 몇천, 몇만 마리의 여우 중 하나에 지나지 않지. 하지만 만일 네가 나를 길들인다면 우리는 서로를 필요로 하게 될 거야. 너는 나에게 있어 이 세상에서 단 하나의 유일한 존재가 될 것이고, 네게 있어 나 역시 이 세상에서 유일한 존재가 될 거야."

서로에게 유일한 존재가 되는 관계. 여우는 그 관계를 '길들임'으로 설명한다. 그것은 4시에 올 왕자를 기다리는 시간을 행복으로 가득하게 만드는 것이기도 하다.

그렇다면 길들임이란 무엇일까? 이는 단순히 낯선 것이 익숙해지는 단순한 관계 맺음이 아니다. 그보다는 적극적으로 서로를 인정하고 받아들이는 과정이다. 동시에 하나의 결과에 치우치지 않고 모든 과정에 의미를 부여하는 자세이기도 하다. 누군가에게 익숙함을 느낀다고 해서 그 사람에게 무조건 애정을 느끼는 것은 아니다. 애정의 지속을 위해서는 서로에게 익숙해지는 과정이 필요하지만 그것이 애정의 충분조건은 아니다.

누군가를 좋아하는 일은 자기 자신보다 타인의 가치를 앞서서 생각하게 되는 낯선 감각이다. 연애란 이 낯섦을 친숙함으로 받아들이는 과정이다. '길들임'의 의미는 바로 거기에 있다. 연인의 말에 귀 기울이고 배려하는 노력, 그리고 그를 위해 내어주는 시간과 정성을 낯설지만 친숙한 것들로 수용하는 모든 과정 말이다. 일시적인 호감이나 매력이 연애로 이어질 수는 있다. 하지만 그것만으로는 사랑이라는 관계를 오래 유지하지 못한다. 좋은 관계는 저절로 만들어지지 않으며, 서로를 위해 보낸 시간에서 만들어진 길들임이 있을 때 가능하다. 사랑이 금세 끝나버리는 사람들은 서로를 길들이지 못한 것이다.

사랑은 사람의 마음을 얻는 일이다. 사람의 마음은 갈대처럼 쉽게 움직이는 것 같지만 갈대만큼 질긴 것이기도 하다. 바람에 흔들릴지언정 그 어떤 바람도 그 뿌리를 쉽게 뽑을 수 없다. 사람의 마음을 얻는 것은 결코 쉬운 일이 아니지만 견고한 신뢰 위에서 얻어진 사람의 마음은 그리 쉽게 변하지도 않는다.

천천히, 그러나 적극적으로

모든 것이 빠르게 변화하는 세상에서 우리는 무엇이든 빠르게 얻고 더 빠르게 소비하고자 한다. 연애조차도 말이다. 자기감정을 확인할 때도, 상대의 마음을 얻는 데도 많은 시간을 들이지 않으려고 한다. 너무 빨리 빠져들면 그만큼 빠르게 마음이 식는다. 하지만 마음이 그렇게 빨리 소비될 수 있는 걸까? 우리의 마음이 정말 그렇게 가볍고 값싼 것에 불과할까?

사람이 온다는 것은
실로 어마어마한 일이다.
그는 그의 과거와 현재와
그리고 그의 미래와
함께 오기 때문이다.
한 사람의 일생이 오기 때문이다.

부서지기 쉬운

그래서 부서지기도 했을

마음이 오는 것이다.

—정현종 〈방문객〉 중에서

한 사람의 마음을 얻는다는 것은 한 세계를 얻는 것이다. 그의 존재를 통해 과거와 현재, 그리고 미래를 얻는 일이기 때문이다. 그것은 우주를 얻는 것과 같다. 거기에서 그치는 것이 아니다. 연애란 결국 한 우주가 또 다른 우주와 마주하는 일이다. 더 나아가 두 우주가 합쳐지는 일이다. 빅뱅에는 당연히 카오스가 따른다. 그 카오스가 코스모스로 변화하기 위해서는 시간이 필요하다.

너무 빨리 마음을 소비하면 우주에 도달할 수 없다. 그러니 조금 더 천천히, 그리고 적극적으로 서로의 우주에 길들여져 보자.

연애에 필요한 열정 페이

나는 유노윤호다?
그냥 대충 살자

"인간에게 가장 해로운 벌레는 '대충'이다."

동방신기의 유노윤호가 〈아는 형님〉에 출연해 남긴 말이다. 무슨 일이든 열심히 하는 그의 별명은 '열정 만수르'다. 이미 정상에 올랐음에도 신인보다 더 열정적으로 노력하는 유노윤호의 모습이 신기했는지 한때 SNS에는 '나는 열정적이다'란 뜻의 '#나는 유노윤호다'라는 해시태그가 유행하기도 했다.

우리 부모 세대도 유노윤호처럼 청년 시절을 뜨거운 열정만 있으면 세상에 못 이룰 꿈이 없을 것처럼 살았다. 그들에겐 도전과 열정, 노력이 곧 성공이었다. 하지만 지금의 청춘들은 '열정'과 '노력'을 혐오한다.

그래서일까. 아이러니하게도 '#나는 유노윤호다'라는 주문만큼 자주 쓰이는 해시태그가 바로 '#대충 살자, 나 대신 유노윤호가 열심히 살아주니까'이다. 사실 "대충 살자"라고 말하는 청춘이야말로 대충 살고 있지 않다고 생각한다. 아무리 열심히 살아도 금수저에 치이고 부모 세대와 달리 손에 쥐어지는 게 없는 게 현실이다. 그러니 해도 안 될 바엔 '대충 살자'며 스스로를 위로하는 것이다. 열심히 살아도 해결되는 게 없는 세상이니까.

그러던 중 열정 만수르인 유노윤호가 공항에서 《하마터면 열심히 살 뻔했다》라는 책을 들고 있는 파파라치 사진이 찍혔다. 그걸 본 청춘들은 '유노윤호도 열정적으로 사는 게 힘들구나'라며 다시 한 번 '대충 살자'고 자위했다.

어느새 열정은 기성세대들이 "돈 대신 좋아하는 일(열정)을 할 수 있는 경험을 얻지 않았냐?"라며 청춘에게 일에 대한 정당한 대가를 지불하지 않는 '열정 페이'를 가리키는 단어로 조롱의 대상이 됐다. 노력은 "요새 젊은이들은 노력이 부족하다"라는 기성세대의 평가를 비꼬아 그것을 뛰어넘는 '노오력'이라는 말을 만들어내 비아냥 거리가 되었다.

그런데 열정 페이와 노오력을 강요하고, 노동 착취를 넘어 감정 착취까지 일상적으로 일어나는 문제적 영역이 존재한다. 바로 연애다. 도대체 연애는 왜 이런 시대착오적인 열정과 노오력을 요구할까?

사실 연애에 요구되는 열정 페이는 아득히 오랜 역사를 가졌다. 교과서에서 배운 김유정의 단편소설 〈동백꽃〉에서 점순이가 내민 '감자'만 해도 일종의 열정 페이가 아닌가? 물론 소녀의 마음을 거부한 소년에게는 매우 혹독한 응징이 뒤따랐지만 말이다.

비단 〈동백꽃〉뿐이랴. 첫사랑 하면 떠오르는 황순원의 단편소설 〈소나기〉도 다를 게 없다. 어머니의 '등짝 스매싱'이 기다릴 것을 알면서도, 소년은 소녀를 데리고 산으로 들로 뛰어다닌다. 도랑 앞에서 망설이는 소녀를 등에 업고 도랑까지 건너게 하는 동력, 그것이 애정에 따라붙는 열정 페이가 아니면 무엇이겠는가?

요즘에는 예전과 달리 스펙 쌓기도 힘들고 취업도 어렵

다. 하지만 누군가의 마음을 얻는 것은 옛날부터 지금까지 꾸준히 힘든 일이다. 서로의 감정을 확인했다고 해서 바로 연애로 이어지는 것도 아니다. 호감이 사랑으로, 연애로 한 걸음 더 나아가려면 두 사람의 관계에 힘을 실어줄 결정적인 무언가가 필요하다. 바로 여기에 노력을 들이부어야 한다. 사랑의 조건은 '열정 페이'와 '노오력'인 것이다.

애정에도 '노오력'이 필요하다

대충 살자던 청춘들은 왜 연애를 위해서는 노오력과 열정 페이도 마다하지 않고 뛰어드는 걸까? 비록 스펙 쌓기나 취업을 위한 노력은 우리를 배신하지만 사랑에 있어서만은 이야기가 조금 다르다. 노력한 만큼 마음을 얻고 애정을 주고받을 수 있으며, 깊은 관계가 된다.

사랑에도 연애에도 정해진 답은 없다. 우리 각자가 겪는 러브 스토리는 천차만별이며, 거기서 느끼는 행복과 만족도 불행과 슬픔도 모두 다르다. 그럼에도 서로의 애정이 연애라는 구체적인 관계로 이어지기 위해서는 노력이 필요하다는 사실은 누구에게나 마찬가지다. 그 노력은 배려, 관심, 표현이다.

호감은 배려에서 시작된다. 그것은 특별히 크고 멋진 일은 아니다. 낯선 모임에서 쭈뼛거릴 때 건네는 한마디, 식사 자리에서 기침할 때 빠르게 건네주는 냅킨 한 장에서도 호감은 시작된다. 사소한 배려가 모이면 그 사람을 향한 설렘으로 이어지는 것이다. 배려는 거창하지 않아도 된다. 진실한 마음이면 충분하다.

배려가 호감을 만들어주긴 하지만 거기서 멈추면 두 사람의 관계도 멈춘다. 상대가 어떤 사람인지, 무엇을 좋아하는지 등을 살피며 정보를 수집하며 꾸준히 관심을 가져야 단순한 관계에서 조금은 깊은 관계로 발전할 수 있는 가능성이 생긴다. 상대에게 관심을 두는 것은 자신의 마음을 확인해보는 과정이기도 하다.

자신의 마음이 확실하다면 이제는 상대의 마음을 사로잡기 위해 움직일 차례다. 호감 가는 외모에 성격도 좋은데 좀처럼 연애를 못 하는 사람을 보면 표현에 있어서 지독한 짠돌이인 경우가 많다. 우리는 상대가 나에게 보여주는 감정을 생각보다 냉정하게 평가한다. 이 말은 두 사람이 좋은 분위기를 만들어가고 있다고 해도 확신이 들기 전까지는 그것을 호감이나 애정이라고 판단하지 않는다는 것이다. 확실하게, 자주, 크게 좋아한다는 감정을 표현해야 상대는 비로소 애정으로 받아들인다. 그러니 내 마음이 확실하다면 직접적으로 표현하자.

연애를 TV로 배웠어요

케이블 TV 프로그램 중 〈러브 캐처〉라는 것이 있다. 미혼 남녀가 며칠 동안 함께 시간을 보내면서 서로의 인연을 찾는다는 콘셉트의 리얼 예능이다. 전형적인 짝짓기 프로그램이지만 여기에는 매력적인 함정이 숨어 있다. '머니 캐처'의 존재다. 제작진이 심어놓은 머니 캐처는 자신의 정체를 들키지 않고 끝까지 살아남아 최종 선택을 받으면 거액의 상금을 획득한다.

그곳에 모인 남녀들은 상금과 운명의 상대라는 서로 다른 목적을 가졌다. 하지만 목적을 이루기 위해서는 이성의 호감을 얻고 선택받아야 하니 모두의 행동은 상당히 비슷하다. 흥미로운 것은 매력적인 인물일수록 머니 캐처로 의심받는다는 사실이다. 상금을 타기 위해서는 가능한 한 호감도를 최대치로 높여야 한다. 그러니 머니 캐처는 누구보다 적극적으로 자신의 매력을 드러낼 것이라고 추측할 수밖에 없다.

나는 〈러브 캐처〉를 보면서 연애를 하고 싶다는 설렘이나 사랑이라는 감정에도 '노오력'이 효과를 발휘할 수 있다는 사실을 알게 됐다. 그리고 그 '노오력'은 타인에게 굉장한 매력으로 작용한다. 그런데 신기한 것은 이러한 매력이 다수의 호감을 얻으려 할 때 더 크게 드러난다는 점이다.

연애 시작과 함께 사라지는 열정 페이

그런데 현실에서는 어떠한가? 놀랍게도 많은 사람들이 연애의 시작과 함께 그동안의 모든 노력을 빠르게 폐기한다. 그를 위한 노오력과 열정 페이는 점차 사라지고 나를 위한 상대의 노오력과 열정 페이를 요구하기 시작하는 것이다. '호의가 계속되면 그게 권리인 줄 안다'라는 영화 속 대사처럼 일방적인 애정은 한쪽은 교만하게, 다른 한쪽은 지치게 만든다. 연애를 지속할 수 있는 힘의 근원인 순수한 관심과 배려, 표현들은 모두 어디론가 사라지고 만다.

우리가 사는 세상은 매일 변화한다. 그곳에서 살아가는 우리도 매일 조금씩 변하고 있다. 한 사람을 둘러싼 세상 모든 것이 바뀌는데 그 사람이 변하지 않을 수는 없다. 처음의 사랑스러운 모습도 시간과 함께 달라진다. 때로는 옆자리의 퉁명스러운 그가 나에게 그토록 달콤했던 사람이 맞을까 싶을 때도 있다. 하지만 매일의 일상에서 매일 새롭게 사랑한다는 것은 결코 쉬운 일이 아니다. 애정은 우리 눈에 낀 콘택트렌즈와 같아서 쉽게 오염되고 잔금이 생긴다. 시력에 맞지 않는 렌즈를 쓰면 앞이 제대로 보이지 않고, 제때 세척하지 않으면 시력을 망친다. 그만큼 각별한 관리와 노력이 필요하다.

남자친구와의 관계에서 권태기를 느낀다면 나에게 그를 향한 열정 페이와 노오력이 아직 남아 있는지 확인해볼 필요가 있다. 그리고 그 역시 여전히 그러할 준비가 되어 있는지도 확인해야 한다.

우리가 짝짓기 프로그램에 열광하는 이유는 자신도 모르

는 사이에 잊어버린 애정에 대한 열정과 노오력을 확인하고 싶어서다. 우리는 프로그램이 '리얼리티'를 내세우며 현실성을 강조하지만 결국 그것이 만들어진 '쇼'라는 사실을 알고 있다. 그럼에도 상대의 마음을 얻기 위해 노력하는 모습을 보며 '설렘'을 느낀다. 그리고 스스로에게 묻는다.

'우리가 처음 만났을 때 주고받던 관심과 배려, 표현들은 다 어디로 갔을까?'

지속 가능한 연애의 조건은 단순하다. 끊이지 않는 관심과 배려, 표현이다. 이를 위해서는 열정과 노오력이 필요하다. 내 곁에 있는 한 사람의 마음을 유지하는 일은 생각만큼 쉽지 않지만 생각만큼 어려운 일도 아니다.

우리는 감정 쓰레기통이 아니다

찌꺼기는 가라!

인간의 몸은 신체 유지를 위해 영양분이 필요하다. 우리는 무언가를 먹음으로써 몸의 욕구를 충족시켜준다. 에너지를 얻고 남은 음식물 찌꺼기는 배변 작용을 통해 몸 밖으로 배출한다. 우리 몸이 에너지를 소모하는 화학적 과정이 바로 신진대사다. '오래되고 묵은 것을 내보내고 새로운 것을 들인다'라는 의미의 신진대사가 활발하게 이루어져야 생명을 유지할 수 있다. 건강하려면 잘 먹는 만큼 잘 배출하는 것도 중요하다.

신진대사가 활발해야 하는 건 마음도 마찬가지다. 우리는 마음을 유지하기 위해 감정을 필요로 한다. 우리 몸이 에너지를 얻기 위해 음식을 먹듯 우리 마음은 곳곳에서 다양한 감정을 받아들인다. 뱃속에서 음식이 소화되듯 우리의 감정 체계는 그때의 기분을 고스란히 흡수한다. 소화 과정에서 우리 몸이 에너지를 얻어 힘을 내듯 우리 마음은 받아들인 감정에 따라 행복, 놀라움, 기쁨, 즐거움, 슬픔 등을 느낀다. 우리 몸이 소화되지 않고 찌꺼기로 남은 음식물을 밖으로 내보내 다음 에너지를 흡수할 새로운 공간을 만드는 배설을 하듯 우리 마음도 새로운 감정을 받아들이기 위해 묵은 감정을 밖으로 내보내야 한다.

굿바이, 묵은 감정

　그런데 종종 받아들인 감정을 밖으로 배출하지 않고 모두 끌어안으려고만 하는 사람이 있다. 감정을 표현하는 대신 침묵을 선택하는 것이다. 우리는 며칠만 변을 보지 못해도 변비에 걸린다. 변비가 심해지면 소화 기능이 마비되며 끝내는 구토와 설사, 복통으로 쓰러져 목숨까지 위험해지는 토사곽란(吐瀉癨亂)이 일어난다. 똥을 참듯 감정을 참으며 침묵하면 우리 마음도 병에 걸리기 쉽다.

특히 연애에서 감정 표현을 아끼면 배변 활동을 참는 것보다 더 큰 문제가 생긴다. 우리의 감정 체계는 계속 쌓이기만 하는 감정을 모두 흡수하지 못한다. 오랜 시간 남자친구의 감정을 묵묵히 받아주기만 하면 끝내 묵은 감정이 넘쳐흐르고 만다. 당신은 연인의 감정 쓰레기통이 아니기 때문이다. 이때 생기는 부작용은 자신은 물론이고 남자친구에게도 영향을 미친다.

우리는 에너지를 얻기 위해 음식을 먹는다. 하지만 늘 몸에 좋은 것만 먹는 것은 아니다. 술처럼 건강에 좋지 않은 음식도 종종 먹고 아주 매운 음식으로 위를 자극하기도 한다. 연인과의 관계도 마찬가지다. 우리는 감정을 선택적으로 받아들일 수 없다. 긍정적인 감정만 주고받을 수 있는 사이는 없다. 사랑하는 감정 외에도 때로는 서로에게 상처를 주는 부정적인 감정도 오고 간다. 그 모든 것은 저절로 사라지지 않는다. 감정이든 음식이든 모든 찌꺼기는 우리 안에 남는다.

문제는 그렇게 쌓인 감정의 독소를 얼마나 빠르게 해소하느냐는 것이다. 풀지 못해 쌓인 감정은 두 사람의 관계에 큰 영향을 미친다. 술을 마신 다음 날에는 최대한 빠르게 숙취를 해소해야 하는 것처럼 남자친구에게서 받은 부정적인 감정도 빨리 내보내야 한다. 술을 빨리 깨는 가장 좋은 방법은 '물, 잠, 똥'이다. 충분히 물을 마시고 많이 자고 일어나서 똥을 싸야 한다. 이 중에서 가장 중요한 게 똥이다. 아무리 물을 많이 마시고 잠을 많이 자도 전날 쌓아둔 술의 흔적을 모두 내보내기 전까지는 술독이 남아 있다. 만일 남자친구로부터 실망, 상처, 슬픔 등 부정적인 감정을 받았다면 절대로 쌓아두지 말고 바로 표현하자. 침묵하며 혼자서 끙끙 앓기만 하면 그 감정은 좀처럼 사라지지 않는다. 제대로 해결되지 않은 부정적 감정은 불안, 우울, 분노로 변해 우리를 괴롭힌다.

　그리고 남자친구에게서 받은 좋은 감정도 적극적으로 표현하는 게 좋다. 무엇이 즐거웠는지, 어떻게 행복을 느꼈는지 등을 표현한다면 아마도 그는 당신의 긍정적 감정을 위해 더욱 적극적으로 행동할 것이다.

침묵은 금(gold)이 아니라 금(line)이다

'침묵은 금'이라고 한다. 이건 할 말은 하는 사람에게만 해당하는 말이다. 연인 사이에서 침묵은 금(gold)이 아니라 두 사람 사이를 갈라놓는 경계선인 금(line)을 만든다. 사람과의 관계에서 침묵은 불리함을 요리조리 피해 가는 처세술이 될지는 몰라도 소통의 기준이 될 수는 없다는 뜻이다.

연인과의 관계에서 어떻게 감정을 표현하느냐에 따라 행복한 연애가 될 수 있고, 불행한 연애가 될 수도 있다. 할 말을 못 하는 침묵은 그저 똥이며, 이별과 고독만 가져온다. 그러니 이제 도움이 안 되는 침묵을 버리고 솔직하게 표현하자. 감정 표현에 솔직한 연애는 연애의 과정뿐 아니라 끝에도 영향을 준다. 표현한 만큼 이별한 뒤 찾아오는 후회 역시 줄어들기 때문이다.

선녀는 나무꾼에게 반하지 않았다

지금 알고 있는 걸 그때도 알았더라면

전래동화 《콩쥐 팥쥐》는 콩쥐가 원님과 결혼을 하는 것으로 끝난다. 콩쥐를 괴롭히던 계모와 언니 팥쥐는 개과천선한다고 알려졌다. 하지만 원전의 결말이 무엇인지 아는 사람은 많지 않다. 콩쥐를 죽이고 원님의 아내 행세를 하던 팥쥐는 그것을 눈치챈 원님에게 살해당한다. 원님은 여기서 멈추지 않고 팥쥐의 시신으로 젓갈을 담가 그녀의 엄마이자 콩쥐의 계모에게 보낸다. 팥쥐의 엄마는 젓갈을 먹다가 이내 그것이 무엇인지 깨닫고 쓰러진 뒤 죽는다.

또 다른 동화 《해님 달님》은 오누이가 하늘에서 내려온 동아줄을 타고 올라가 해와 달이 된다. 동시에 아이들의 엄마를 죽인 호랑이는 썩은 동아줄을 잡아 날카로운 수숫대 위로 떨어져 온몸이 찔려 죽는다. 서양의 동화가 '그들은 평생 행복하게 살았답니다'로 마무리된다면, 우리나라 전래 동화는 착한 주인공이 행복을 얻고 나쁜 사람은 벌을 받는 이야기로 끝난다. 착함을 권하고 악을 징벌하는 '권선징악'은 착하게 살아야 한다는 이야기로 책을 읽는 아이들에게 삶의 교훈을 준다.

그런데 어른이 되어 다시 읽어보니 권선징악은커녕 불편함과 당혹스러움을 느끼게 만든 동화가 있다. 《선녀와 나무꾼》이다. 어린 시절 내가 읽은 이 책은 가난하지만 선량한 나무꾼이 사냥꾼에게 쫓기는 노루를 도와준 덕분에 아름다운 선녀를 신부를 맞이한다는 내용이었다. 아이 둘을 낳고 날개옷을 되찾은 선녀가 하늘로 올라갈 때는 버려진 나무꾼이 안타까웠고, 그가 노루의 도움으로 하늘로 올라가는 장면은 긴장감으로 가득했다. 선녀를 뒤따라갔던 나무꾼이 나이 든 어머니를 잠시 보러 왔다가 뜨거운 호박죽 때문에 지상에 떨어져 영원히 하늘로 가지 못하게 됐을 때는 나무꾼의 가엾은 처지를 동정하기도 했다. 선녀를 그리워하며 하늘을 향해 매일 울다가 수탉이 되었다는 나무꾼의 이야기는 진실한 사랑의 애달픈 비극처럼 여겨졌다.

어른의 입장에서 읽은 《선녀와 나무꾼》은 대체 어떤 교훈을 얻을 수 있는지 알 수 없는 동화였다. 나무꾼의 아름다운 사랑에도 불구하고 왜 그는 끝내 벌을 받은 걸까? 더나아가 착한 이에게는 동아줄도 척척 잘 내려주던 하늘이 절절한 나무꾼의 사랑에 대해서는 그토록 가혹했던 것일까? 책장을 덮고 나니 답을 찾을 수 있었다. 이 동화 속의 '절대 악'이 다름 아닌 나무꾼이기 때문이다.

어른이 되어 만난 나무꾼은 로맨티스트가 아니라 범죄자였다. 그는 먼저 선녀들이 목욕하는 장면을 몰래 훔쳐봤다. 경범죄다. 그다음에는 선녀의 날개옷을 훔쳤다. 물을 것도 없이 절도죄이지만 그보다는 아름다운 선녀를 제 것으로 만들기 위해 날개옷을 볼모로 삼아 휘두른 나무꾼의 이기심이 끔찍했다. 날개옷을 숨겨 선녀를 자기 집으로 유인한 것은 감금죄와 부녀자 납치죄이고, 아이를 셋 낳아주면 날개옷을 주겠다고 말한 것은 협박죄와 추행, 결혼 목적 약취죄, 강요죄까지 성립한다. 날개옷을 되찾고 하늘로 떠난 선녀를 찾겠다고 두레박을 타고 하늘로 무단침입까지 한다.

과연 내가 지금 깨달은 걸 《선녀와 나무꾼》을 처음 읽었을 때도 알았다면 어땠을까? 내 머릿속에서 나무꾼의 이미지는 완전히 달랐을 것이다. 그리고 피해자였던 선녀의 입장에서 이 동화를 다시 한 번 생각했을 것이다. 이 이야기가 변한 것 하나 없이 지금의 아이들에게 그대로 전달된다는 사실이 불쾌하다.

선녀는 나무꾼을 사랑했을까?

아무것도 모르는 어린 소녀는 목욕을 하러 땅에 내려왔다가 선한 얼굴을 가장한 나무꾼에게 납치되었다. 그리고 살기 위해 그와 결혼해야만 했다. 갖은 노동에 시달리며 아이까지 낳았다. 살기 위해 나무꾼의 곁에 있어야 했던 선녀의 처지는 '스톡홀름 증후군'에 불과하다. 이는 지독한 공포심으로 인해 극한 상황을 유발한 대상에게 긍정적인 감정을 가지는 현상이다. 범죄심리학에서는 인질이 범인에게 동화되거나 동조하는 비합리적인 상황을 가리킨다. 선녀에게 나무꾼과의 삶이 사랑이 아니라 공포였다는 것은, 그녀가 날개옷을 되찾자마자 뒤도 돌아보지 않고 하늘로 떠나버렸다는 데서 분명해진다.

물론 나무꾼에게도 할 말은 있을 것이다. 그에게 선녀가 목욕하는 장소를 알려준 것도, 선녀와 결혼하려면 날개옷을 숨기라고 지시한 것도, 천계에 숨어 들어갈 수 있는 방법을 제시한 것도 모두 노루이기 때문이다. 노루는 자신을 감춰준 나무꾼에게 은혜를 갚기 위해 아무 잘못도 없는 선녀를 이용했다. 심지어 아이 셋을 낳을 때까지 절대로 날개옷을 돌려주지 말라며 모성애를 이용한 잔인한 방법까지 귀띔해준다.

"날개옷을 잃어버려 하늘로 갈 수 없는 선녀를 데려가 아내로 삼으세요. 대신 반드시 기억할 게 있어요. 아이 셋을 낳을 때까지는 절대로 날개옷을 돌려주면 안 돼요. 아이가 둘이면 오른손에 한 아이를, 왼손에 나머지 한 아이를 안고 하늘로 올라가 버릴 수 있어요. 하지만 셋이면 선녀 혼자서는 아이들을 데리고 올라갈 수 없을 거예요."

그렇다고 해서 나무꾼의 죄가 사라지는 것은 아니다. 아이 둘을 낳을 동안 선녀는 도망가지 못했고 그녀의 삶은 망

가졌다. 그는 이 범죄의 결과로부터 결코 자유로울 수 없다.

그러나 이 모든 사실은 동화라는 장르 뒤로 밀려난다. 선녀의 마음은 생각하지도 않은 이기심과 집착이 나무꾼의 지고지순한 사랑으로 변하는 것이다. 그래서일까, 우리 주변에는 생각보다 많은 선녀와 나무꾼들이 존재한다. 부디 이 책을 읽는 모두가 선녀도, 나무꾼도 되지 않길 바란다.

효자라는 면죄부

동화 끝에서 나무꾼은 벌을 받았다. 그러나 너무나 미약하다. 심지어 동정표까지 확보했다. 우리가 알고 있는 권선징악과는 완전히 다른 결말이다. 어떻게 이런 일이 가능한 걸까?

그것은 나무꾼에게 주어진 '효자'라는 타이틀 때문이다. 그의 모든 범죄는 어머니에 대한 효심으로 정당화된다. 늙은 어머니를 모시고 사는 그가 할 수 있는 최고의 효도는 결혼이다. 선녀의 날개옷을 훔친 것도, 선녀를 납치한 것도 모자라 거짓으로 속여 결혼까지 한 것까지 모두 효도라는 이름 아래 슬며시 넘어갔다.

하지만 나무꾼은 사실 효자가 아니다. 그의 효도는 모두 선녀를 통해 대리로 해낸 것이다. 결혼(이라고 쓰고 납치라고 읽어야 하지만)하고 나이 든 어머니를 돌본 것도, 가난한 집안을 일으킨 것도, 어린 두 아이를 키워낸 것도 모두 선녀가 했다. 대리 효도뿐만 아니라 대리 가장, 대리 육아를 모두 해낸 선녀 덕분에 나무꾼은 '착한 효자'라는 이름을 거머쥔 것뿐이다.

이쯤에서 선녀가 떠난 뒤 나무꾼의 모습을 떠올려보자. 그는 자신의 행동을 조금도 반성하지 않았다. 그저 선녀를 되찾아 평온했던 일상을 회복하는 일에만 집중했다. 더구나 마지막에는 그토록 소중했던 어머니마저 내팽개친 채 지붕 위에서 하늘만 쳐다보다 생을 마치지 않았는가?

효도는 셀프다

《선녀와 나무꾼》 이야기는 지금도 반복된다. 결혼으로 자신에게 주어진 의무와 책임을 배우자에게 떠넘기는 사람이 너무도 많다. 그들은 가장 선량한 얼굴로 자신이 생각하는 원칙을 이야기한다. 원칙은 늘 아름답다. 부모님께 효도하는 것도, 가족이 즐거운 시간을 보내는 것도, 살림을 일구어내는 것도 모두 아름다운 일이다. 그러나 정작 원칙을 실천하는 것이 내가 아닌 다른 사람의 몫이라면, 그것은 결코 아름답지 못하다.

진짜 효자는 오롯이 '셀프'로 효도한다. 그들은 자기 삶을 스스로 기획하고 스스로 실행하는 사람들이다. 그럼에도 가짜 효자들의 대리 효도는 여전히 아름답게 포장되고 있다. 언젠가 TV에서 지금의 아내와 결혼한 이유가 "우리 부모님께 잘할 것 같아서"라고 말하는 연예인의 모습을 보며 뒤통수를 세게 얻어맞은 것 같은 충격을 받은 적이 있다. "효도는 셀프다"를 외치는 목소리가 점점 커지고 있지만 아직은 나무꾼처럼 대리 효도하는 가짜 효자와 효녀들로 넘쳐나는 세상이다.

이런 사람에게 반할 리 없겠지만, 그들의 교묘한 유혹에 자신도 모르게 넘어가지 않도록 주의해야 한다. 방법은 먼저 스스로 '마이셀프(myself)'를 실천하는 사람이 되는 것이다. 내가 하고 싶지 않은 일을 남에게 강요하지 않는 것이다. 이 말은 아무리 반복해도 절대 과하지 않다. 사랑하는 관계이기 전에 우리는 각각의 독립된 개인이다. 그러니 '마이셀프'를 '유어셀프(yourself)'로 넘기는 어리석음을 저지르지 말자.

사랑은 우정보다 힘이 세다?

너, 연애하더니 변했다

　사랑과 우정은 우리를 행복하게 만들어준다. 하지만 때로는 사랑과 우정 중 하나를 선택해야 하는 순간에 놓인다. 우리에게 "사랑이 중요해? 우정이 중요해?"라는 질문은 꼬마 아이에게 "엄마가 좋아? 아빠가 좋아?"라고 묻는 것처럼 선뜻 대답할 수 없는 질문이다.

　"너 연애하더니 변했다. 서운해."

　연애를 해봤다면 한 번쯤은 이 말을 했거나 들어봤을 것이다.

좋아하는 사람과 연애를 한다는 것은 너무나 행복한 일이다. 그런데 두 사람만의 달콤한 시간에 심취하다 보면 주변의 그 많던 친구들이 하나씩 떠나가기 시작한다. 사실 솔로일 때는 연애를 하게 돼도 지금처럼 친구들과 자주 만나고 잘 챙길 수 있다고 자신했다. 하지만 막상 연애를 시작하니 주어진 시간은 그대로인데 만나야 할 사람이 새로 생겼고, 그와 함께해야 할 것도 많아졌다. 연애라는 콩깍지가 제대로 씌면서 어느새 나는 친구들 사이에서 '연애하더니 연락 두절된 애'로 전락해버리고 만다.

사랑과 우정의 제로섬 게임

연애를 시작하면 사랑과 우정을 모두 얻겠다는 생각은 버려야 한다. 영국 옥스퍼드 대학 교수인 로빈 던바(Robin Dunbar)는 "새로운 연애를 시작하게 되면 가까운 친구 몇 명이 멀어지는 것은 자연스러운 현상이다"라고 말했다. 그는 사람들은 보통 자신의 개인적인 사정까지 털어놓을 정도로 친한 친구를 5~6명 정도 두는데 연애를 시작하면 이들에게 소홀해지며, 자연스럽게 거리도 멀어진다고 설명했다. 실제로 연애를 하는 대부분의 사람들은 자신의 일상을 남자친구 혹은 여자친구의 일정에 맞춘다. 친구와의 약속은 남는 시간으로 밀려난다. 남자친구와의 약속이 없는 시간에 만날 수 있으면 보고, 그럴 수 없으면 다음에 보는 것이다. 이렇게 남는 시간에만 만나는 우정이 지속될 리 없다. 우정은 스페어타이어가 아니지 않은가.

하지만 연애 초반에는 친구들의 서운함이 보이지 않는다. 온종일 함께 있어도 헤어지기 싫고 소소한 것도 놓치지 않고 그 사람만 보이는, 한마디로 정신 못 차리는 연애를 한다. 경주마처럼 남자친구만 보고 폭풍 질주했던 연애 초기가 지나고 나면 슬슬 주변이 보이기 시작한다. 그와 함께하는 모든 시간이 행복하지만 그것이 가장 즐거운 것은 아니라는 생각도 든다. 온전히 내 취향을 반영한 맛집 탐방이나 동아리 활동, 친구와 함께하던 쇼핑과 수다, 쌩얼 신경 쓰지 않고 마시는 맥주 한 잔의 기쁨 같은 것이 사실은 솔로의 특권이었다는 현실을 자각하는 것이다.

안타깝게도 사랑과 우정은 제로섬 게임과 같다. 한쪽이 얻는 만큼 남은 한쪽은 반드시 잃게 된다. 우리에게 주어진 시간은 변함없이 24시간이고, 우리 몸은 하나뿐이다. 남자친구와의 매 순간이 행복하지만, 그로 인해 놓치는 것들에 대한 아쉬움이 느껴진다면 변화가 필요하다는 신호다. 흔들린 우정은 친구의 애인을 좋아할 때만 일어나는 일이 아니다. 남자친구와 꿀 떨어지는 시간을 보내느라 친구들에게 소홀해질 때도 우정은 흔들린다.

남친은 절친이 될 수 있을까?

요즘 스스로 아싸가 되기를 선택한 '자발적 아싸'가 자주 눈에 띈다. 한 구인구직 플랫폼에서 '나는 인싸와 아싸 중 어디에 해당하는가?'에 관해 설문 조사한 결과 48.6%가 스스로 아웃사이더를 자처하는 것으로 나타났다. 인간관계에 싫증을 느낀다는 '관태기' 때문인 경우도 있지만 연애를 시작한 많은 커플들이 자발적 아싸를 선택하기도 한다. 친구들과 소원해지는 것을 연애의 기회비용이라 받아들이고 그 몫만큼은 연인과의 관계에서 보상받으면 된다고 생각하는 것이다.

이런 선택을 한 연인들이 흔들림 없는 관계를 이어가기 위해서는 서로의 '절친'이 돼주어야 한다. 절친의 조건은 서로를 이해하고 서로를 존중하고 양보하고 배려하는 것이다. 굳이 이런 것이 아니더라도 우정이라는 관계는 사랑과 매우 유사하다. 친구 사이에도 질투나 서운함을 느끼고 여러 무리에서 나를 최우선으로 생각해주기를 바란다. 학창 시절 친구와 팔짱을 끼고 걷거나 하고 싶은 말이 있을 때 편지를 써서 마음을 전하던 일, 하루 종일 카톡을 주고받는 것도 모자라 핸드폰이 뜨거워지도록 시시콜콜한 이야기까지 나누는 모습은 흡사 연애와 같다. 우정에서 얻던 감정과 사랑에서 얻는 감정에 별 차이가 없는 것이다.

하지만 연애와 우정은 완전히 다른 카테고리로 분류된다. 저울의 양쪽에 각각 올려놓고 균형을 맞출 수 있는 관계가 아니라는 것이다. 같은 행동이라도 친구 사이에서는 이해하고 넘어갈 수 있는 것이 연인 사이에서는 참을 수 없는 일이 된다. 가령 급하게 생긴 일 때문에 나와 먼저 했던 약속을 미루거나 취소해야 할 경우, 친구 사이에서는 쿨하게 이해해주지만 연인 사이에서는 어딘지 모를 서운함을 느낀다. 연인을 이해하려는 노력보다 그가 자신을 이해해주기를 바라는 마음이 더 크기 때문이다. 이런 사소한 일조차 관계를 흔들 수 있는 위험에 노출된 것이 연인 관계다.

따라서 연인과 절친의 역할을 모두 해내려면 사랑이라는 감정이 상대의 모든 것을 저절로 받아들이고 이해할 수 있도록 만들어주지는 않는다는 현실을 먼저 깨달아야 한다. 그리고 내가 바라는 것만큼 상대에게 되돌려주어야 한다는 생각을 잊어서는 안 된다. 그것이 노력이든, 시간이든, 감정이든, 무엇이든 간에 말이다.

적절한 관계의 온도를 찾아서

결국 연애와 우정 모두 관계의 문제다. 한 사람이 다른 사람과 사귀어 신뢰를 쌓는 과정이라는 점에서 큰 차이가 없다. 그러므로 연애와 우정 중 어느 것이 절대 우위라고 말할 수는 없다. 이 세상에는 우주의 별처럼 수많은 우정과 사랑이 있고, 그보다 더 많은 각자의 인생이 있다. 누가 무엇을 선택하고 무엇을 더 중요하게 여기는가는 저마다 다르다. 연애에 온 힘을 쏟는다고 해서 어리석다고 할 수 없고,

우정을 최우선으로 생각해 올인한다고 해서 잘못되었다고 할 수 없다. 어느 쪽에서 더 큰 행복과 안정을 느낄 수 있느냐에 따라 우리의 선택은 달라질 뿐이다.

넓디넓은 우주 어딘가에서 살아가는 우리는 생각을 나누고, 감정을 주고받고, 내 것을 선뜻 내어줄 수도 있는 관계를 맺음으로써 스스로를 채워나간다. 그 상대는 연인일 수도 있고, 친구일 수도 있고, 가족일 수도 있고, 나 자신일 수도 있다. 가장 이상적인 균형을 이루는 관계야 물론 어느한쪽에도 치우치지 않는 것이겠지만 그건 신조차 불가능할 것이다.

길거리의 부랑자와 감옥의 범죄자까지 차별 없이 사랑한 예수도 《성경》에 따르면 가장 사랑한 제자가 있었다고 하며, 자비심 많은 부처 역시 아난다라는 제자를 특별히 아꼈다고 한다. 그러니 사랑과 우정 중 어느 한쪽을 선택해야 한다는 부담에서 벗어나자. 그 대신 내가 조율할 수 있고, 책임질 수 있는 범위에서 알맞은 관계의 균형을 찾아 나서자. 한쪽으로 조금 더 기울 수밖에 없겠지만, 그럼에도 충분히 공존할 수 있는 것이 우정과 사랑이다. 우리 삶은 우정만으로도 사랑만으로도 충분하지 않다. 두 관계가 조화를 이룰 때 비로소 충분해진다. 연인을 만나는 온도와 친구를 만나는 온도가 비슷하면서도 다른 이유는 그 때문이다. 이처럼 인생은 언제든 따뜻함을 느낄 수 있는 적절한 관계의 온도를 찾아 헤매는 과정의 연속이다.

핵인싸가 연애에 실패하는 이유

누구와도 잘 지내는 사람

우리는 태어나기도 전부터 관계를 맺는다. 엄마의 배 속에서 탯줄로 연결된 관계에서 존재를 인정받기 시작하며, 세상에 태어나 자라면서 점점 더 많은 사람들과 관계를 만들어나간다. 관계를 맺지 않고서는 이 세상을 살아갈 수 없고 행복해질 수도 없다. 그만큼 관계는 우리 인생을 지탱하는 뿌리 역할을 한다. 사람을 표현하는 한자가 인간(人間)인 이유도 여기에 있다. 한 사람의 삶이란 다른 사람과의 관계 속에서 일구어지는 것이다.

어느 곳이든, 누구를 만나든 모두와 좋은 관계를 유지하는 사람이 있다. 우리나라는 함께 어울리는 친구나 아는 사람이 얼마나 많은가를 따져보고 인간관계가 넓을수록 능력이 많다고 생각한다. 이런 분위기 때문에 몇 년 전부터 '인싸'라는 말이 유행처럼 번지더니 이제는 일상에서 자주 사용하는 용어로 자리 잡았다. 각종 모임이나 자신이 속한 무리에서 적극적으로 참여하고 사람들과 잘 어울려 지내는, 특별히 사교성이 좋은 인사이더(insider)를 조금 세게 발음한 것이 인싸다.

인싸는 친절, 다정, 세심, 배려, 쾌활과 같이 상대에게 호감을 주는 이미지가 강하다. 그래서일까? 사람들은 자신이 이 특별한 호감의 대상이기를 바라거나, 그런 매력적인 사람과의 연애를 꿈꾼다. 하지만 여기에도 함정이 있다.

모두의 아이돌을 탐한 죄

누구와도 잘 지내는 사람은 반짝반짝 빛난다. 그 눈부심에 저절로 눈길이 가고 관심이 생기는 것은 당연하다. 이렇게 매력적인 남자와 연애를 하기 위해서는 반드시 통과해야 하는 관문이 있다. 그의 다정함의 범위와 방향을 나에게 돌리는 것이다.

그의 배려심은 모두를 향하고, 그의 섬세함은 언제 어디서나 드러나며, 그의 유머에 여러 사람들이 즐거워할 것이다. 또한 그는 늘 많은 사람들에게 둘러싸여 있고, 많은 사람들과 연락을 주고받으며, 여기저기서 그의 도움을 필요로 한다. 처음에는 다 괜찮다. 모두에게 좋은 사람, 많은 이들이 매력을 느끼는 사람과 연애를 시작하면 구름 위를 걷는 기분이 든다. 모든 것이 꿈처럼 아름답고 따뜻해 보인다. 하지만 현실에서 구름 위에 올라가 한 걸음만 내디뎌도 구름은 형체도 없이 흩어지고 바닥으로 추락한다. 이처럼 만인의 친구이자 선배, 후배인 사람과 연애한다는 것은 그들 모두와 남자친구를 나눠야 한다는 뜻이기도 하다.

연인이란 두 사람의 거리가 다른 이들보다 훨씬 밀도 있고 충실하며 특별한 관계다. 동시에 다른 사람이 쉽사리 끼어들 수 없는 내밀한 속사정을 공유하며 관계를 키워나간다. 그런데 나에게만 베풀어야 할 애정을 다른 사람에게도 보내는 남자와의 연애는 절대로 만족할 수 없다. 충분한 애정을 느낄 수 없기 때문이다. 한마디로 이건 연애가 아니라 인내이며, 어디까지 참고 기다려줄 수 있는지를 시험하는 테스트에 불과하다.

그뿐 아니라 핵인싸인 남자와의 연애는 어느 순간 스스로를 아싸(아웃사이더, outsider)로 여기도록 만들어버린다. 나보다 훨씬 넓은 그의 인간관계에 적응하지 못하는 사람처럼 느끼는 것이다. 자발적 아싸가 아닌 타인에 의한 소외감은 상처를 남기고 앞으로의 인간관계에도 영향을 준다.

반대로 남자친구가 눈물의 폭탄 세일을 하듯 이제까지의 인간관계를 대폭 정리하고 핵인싸에서 탈퇴한다면, 나는 그의 주변 사람 모두에게 나쁜 사람이 될 가능성이 크다. 그가 어떤 선택을 하든 상처는 남을 수밖에 없다.

적당함의 거리

만일 상대가 아니라 내가 핵인싸라면 어떨까? 많은 사람들은 타인과 좋은 관계를 맺고 싶어 한다. 그런데 핵인싸를 깊이 들여다보면 실제로는 그 누구와도 그 이상의 '더 좋은'

관계를 맺지 못하는 사람임을 알 수 있다.

웹툰 〈치즈 인 더 트랩〉의 주인공 유정은 한마디로 핵인싸에 가깝다. 잘생긴 얼굴, 우수한 두뇌, 좋은 집안 환경, 친절하고 다정한 성품까지 갖춘 '모두의 유정'이다. 겉으로는 너무나 완벽한 그의 성격은 실제로는 위선에 가깝다. 타인에게 절대 자신의 내면을 내보이지 않고 철저히 숨기며 모두에게 착하고 다정한 사람이라는 평가를 받았다. 유정은 자신의 맨얼굴을 보여주게 되는 여자친구 홍설을 만나기 전까지 학교 사람들 모두와 친했지만 평균 이상의 친밀한 관계를 만들지는 못했다. 게다가 유정은 자신의 본래 모습을 감추기 위해 가장한 좋은 사람처럼 보이려 돈과 시간을 투자하고 참을성이라는 노력까지 들여야 했다. 핵인싸는 저절로 만들어지지 않으니까.

핵인싸 다운 애티튜드에만 집중하다 보면 조금씩 나를 잃어버리게 된다. 넓고 얇은 인간관계에 에너지를 낭비하느라 차마 자신은 돌보지 못하는 것이다. 항상 주변 사람들을 웃게 만드는 분위기 메이커지만 혼자 있는 시간에는 우울증에 시달리는 사람, 하루에도 수십 통의 연락을 받지만 군중 속의 고독에 괴로워하는 사람, 다른 사람을 챙기느라 자신은 늘 뒷전이었던 탓에 자존감의 한계를 느끼는 사람들은 모두 관계를 맺는 데만 급급해 자신을 잃어버린 것이다. 이들은 많은 사람들과 함께하며 모두의 관심을 받고 있다는 환상에 젖어 있다. 동시에 '적당한 거리'라는 함정에 빠져 있다.

철학자 쇼펜하우어는 산책 중 고슴도치 무리를 발견했다. 한겨울의 추운 날씨에 고슴도치는 서로의 체온으로 추위를 이겨내기 위해 조금씩 가까이 다가갔다. 하지만 가까워질수록 서로의 가시에 찔려 상처가 나 물러설 수밖에 없었다. 이렇게 다가갔다 물러서기를 여러 번 반복하면서 고슴도치들은 가시에 찔리지 않으면서도 서로의 체온을 느낄 수 있는 적당한 거리를 발견했다. 그 거리를 유지하며 얼어 죽지 않고 무사히 겨울을 날 수 있었다.

인간관계에서 이 '적당한 거리'는 상처 주지도 상처받지도 않고 자기 자신을 유지할 수 있는 거리이다. 하지만 그것은 공허한 거리이기도 하다. 한 발자국만 뒤로 물러나도 인기와 관심에서 벗어나게 되는 텅 빈 관계 속에 놓인다. 여기에서 오는 외로움과 공허함은 소수의 사람들과 깊은 관계를 맺음으로써 채워야 한다.

여기에 최적화된 것이 연애다. 겉으로만 좋은 관계가 아니라 연인과 사랑을 주고받으면서 자신을 채우고 내밀한 경험을 통해 내적 성장을 이루는 진짜 관계 말이다. 사랑을 할 때는 다른 사람과 긴밀하게 유지했던 적당한 거리를 무너뜨리고 뜨겁게 껴안아야 한다. 서로의 가시에 찔려 상처받고 피 흘리면서도 보다 뜨겁게 맞닿아야 한다. 그러다 보면 어느새 서로의 체온에 치유받는 순간이 온다.

물론 때때로 연인과의 관계에서도 적당한 거리가 필요하다. 나태주 시인은 "자세히 보아야 예쁘다, 오래 보아야 사랑스럽다"라고 말했다. 친밀해질수록 더 소중해진다는 뜻이다. 그런데 이 '친밀함'이란 과연 얼마만큼을 뜻하는 걸까? 지나치게 가까우면 제대로 볼 수 없고, 너무 멀리 떨어지면 자세히 볼 수 없다. 자세히 볼 수 있으면서 오래 볼 수 있는 만큼의 거리, 두 사람만 알 수 있는 가까움을 찾아야 한다.

개그우먼 안영미는 한 인터뷰에서 자신이 지금 건강한 연애를 하고 있는 것 같다면서 상대의 장점을 크게 보려고 노력하는 것이 비결이라고 말했다. 그러면서 물리적으로 너무 가까우면 보기 싫은 상대의 모공까지 보게 되는 것처럼, 남자친구의 단점을 모공이라고 생각했을 때 모공이 보인다

싶으면 약간의 거리를 둔다고 했다. 모공이 보이지 않을 정도로만 떨어져 있으면서 상대의 단점 대신 장점이 보이면 다시 거리를 좁히는 것이 좋은 관계 유지를 위해 필요하다는 것이다.

먼저 나에게 친절할 것

인간관계마저 스펙이 되어버린 시대다. 우리는 도대체 무엇을 위해, 누구를 위해 인싸가 되려 하는 걸까? 인기와 관심은 달콤하다. 하지만 이것들은 나를 희생해야만 얻을 수 있는 것이다. 나의 일상을 매 순간 누군가와 공유해야 하고, 시간을 쪼개 다른 사람들과 함께해야 하며, 내 감정보다 다른 사람의 감정을 먼저 알아줘야 한다. 이렇게 자신을 갈아 넣어 얻게 된 인기와 관심이 과연 가치 있을까?

우리는 자신에게 관대하지 못하고 자신에게 친절하지 못하는 데 너무 익숙하다. 타인과 관계를 맺기 위해서는 먼저 조용한 곳에서 자신에게 귀 기울여야 한다. 자신이 원하는 것이 무엇인지 질문하고 천천히 기다려주는 것이다. 타인에게 친절하기에 앞서 나에게 친절해야 나를 잃지 않을 수 있다. 자신에게 친절한 것은 이기심이 아니다. 먼저 나를 사랑해주면 다른 사람을 사랑할 수 있는 더 큰마음이 만들어진다.

비밀 연애가 실패하는 이유

영화 〈시월애〉에서 은주(전지현 분)는 자신과 편지를 주고받는 성현(이정재 분)에게 이렇게 말한다.

"성현 씨, 사람에겐 숨길 수 없는 게 세 가지가 있는데 바로 기침, 가난, 그리고 사랑이래요. 숨길수록 더 드러나기만 한대요."

그럴 듯한 말이다. 터져 나오는 기침을 참기란 쉽지 않다. 억지로 참으려고 하면 결국엔 더 크게 터져버리는 게 기침이다. 가난도 숨기기 어렵다. 텅 빈 뱃속은 지치지도 않는지

꼬르륵 소리를 낸다. 빚을 내서 비싼 옷을 입고 좋은 자동차를 타도 여유가 없어 보이는 모습에서 가난은 기어이 드러난다. 마지막으로 사랑, 세상 모든 감정을 속여도 누군가를 향한 사랑만큼은 터져 나오는 기침이나 저절로 드러나는 가난처럼 절대 감출 수 없다. 좋아하는 사람을 바라보는 눈빛은 좀처럼 거짓말을 못 한다.

진화심리학자이자 음성 인지학자인 수전 휴스(Susan Hughes) 박사는 2013년 「사람들은 우리가 사랑에 빠진 것을 알아차린다 *People will know we are in love*」라는 논문을 발표했다. 그녀는 우리가 좋아하는 감정을 느끼는 상대에게 말을 걸 때 음정과 억양이 변한다고 설명했다. 그리고 이들의 대화를 듣는 다른 사람들은 귀신같이 두 사람이 썸을 타거나 사귀는 사이라는 사실을 알아차린다는 연구 결과를 발표했다.

입술은 속여도 눈빛은 못 속인다

그럼에도 생각보다 많은 사람들이 비밀 연애를 한다. 말만 들어도 짜릿한 비밀 연애는 두 사람이 학교나 회사같이 오랜 시간 같은 공간에 있어야 하는 상황에서 많이 한다. 힘들게 서로의 마음을 확인했음에도 두 사람의 연애를 공개하지 않고 비밀에 부치기로 하면 신경 써야 하는 것들이 많아진다. 함께 아는 사람이 많으면 연애의 달콤함만 생각하기에는 걸려드는 인간관계가 너무도 많다. 연애를 시작하면서 이별까지 염두에 두는 것은 아니지만 주변 사람들을 공유한 연인의 공개 연애는 이별의 후유증이 크다. 비밀 연애를 하면 나만 애써 담담한 척하면 이별 후 불편한 상황을 겪지 않을 수 있다.

특히 캠퍼스 커플이나 사내 커플의 공개 연애는 두 사람을 아는 사람들의 간섭을 받기 쉽다. 조금만 표정이 어두워도 두 사람 사이에 문제가 생긴 것은 아닌지 의심하고, 자칫 실수라도 하면 당연하다는 듯이 연애 탓으로 돌린다. 한 사람의 잘못에 두 사람이 함께 구설수에 오르는 경우도 많다. 축하는 잠시뿐이고 신경 써야 할 것이 더 많으니 공개 연애를 꺼리는 것도 이해가 간다.

게다가 다 같이 있는 자리에서 두 사람만 주고받는 눈길과 손길. 그 짜릿함을 느껴본 사람이라면 비밀 연애의 매력에서 빠져나오기 어려울 것이다. 서로를 위해 조심히 행동하면서 시간이 지나도 긴장과 설렘을 유지할 수 있는 것도 비밀 연애의 매력이다.

그러나 이러한 노력에도 불구하고 대부분의 비밀 연애는 생각보다 빨리 들통난다. 사실 말로는 얼마든지 상대에 대한 호감을 속일 수 있다. 내 스타일이 아니라고 우기거나 공개된 장소에서는 아예 말을 걸지 않을 수도 있다. 그러나 입술을 속인다고 눈빛마저 속일 수 있는 것은 아니다.

사랑하는 연인들이 서로를 바라보는 눈빛을 본 적 있는가? 서로를 향한 다정함과 눈에서 꿀이 뚝뚝 떨어지는 달콤한 시선은 누가 봐도 두 사람이 사랑하는 사이임을 드러낸다. 그들이 말하기도 전에 주변에서 먼저 그 마음을 눈치채는 경우도 있을 정도니, 사랑은 마음먹은 대로 숨길 수 있는 게 아니다.

'비밀'이 지속되면 '연애'가 위험해진다

처음 비밀 연애를 시작했을 때는 비밀 자체가 연애의 원동력이 되기도 한다. 다른 사람들의 눈을 피해 두 사람만 아는 시선을 몰래 교환하는 것, 두 사람만의 은어로 소통하는 것 등이 일종의 츠리바시 효과(불안이나 공포로 인해 두근거리는 감정을 상대에 대한 호감으로 착각하는 것)의 역할을 하기 때문이다. 주변 사람에게 들키지 않아야 한다는 불안 자체가 그대로 설렘으로 이어져 서로에 대한 연애 지수를 높이는 것이다.

문제는 비밀 연애가 길어질 때 발생한다. 비밀 연애가 길어지면 점차 주객이 전도될 수밖에 없다. 감추는 것 자체가 이 연애의 목적이 되어버리기 때문이다. 더구나 스릴도 반복되면 익숙해진다. 더 이상 불안으로 인한 두근거림이 연애의 추동력이 될 수 없는 것이다.

결국 비밀 연애가 위태로운 진짜 이유는 바로 '비밀' 자체다. 두 사람 사이에 서로에 대한 사랑과 관심보다 비밀이 더 큰 자리를 차지하게 되면 어느 순간 그것이 역전되어버린다. 때때로 비밀을 지키기 위해 연인을 외면할 수밖에 없는 순간이 오기 때문이다. 여기서 오는 상실감은 상대를 아프게 만든다. 그러한 서운함이 반복되다 보면 사랑마저 식어버리기도 한다.

모든 비밀 연애는 처음부터 실패가 예정되어 있다. 서로를 향한 사랑의 감정이 커진다면 자연스럽게 두 사람의 관계는 드러날 것이고, 그렇지 못한다면 금세 연애 감정이 식어버릴 것이다. 결국 연애가 지켜지면 비밀이 공개되고 비밀을 지키기 위해서는 연애가 해소되어야 하는 모순이 존재하는 것이다. 따라서 그것이 행복한 공개 연애로 이어질 것이냐, 아니면 영원한 비밀로 감추어질 것이냐는 두 사람의 태도에 달려 있다. 우리는 연애의 초점을 어디에 두어야 할까? 비밀 '연애'인가, '비밀' 연애인가?

사랑에도 유효기한이 있을까?

어떻게 사랑이 변하니?

술에 취한 밤, 사랑하는 여자를 보러 서울에서 택시를 타고 한걸음에 강릉까지 달려가는 남자. 쌀쌀한 새벽, 슬리퍼만 신고 그 남자를 기다리는 여자. 그저 그런 이야기도 재미있다는 듯 들어주고, 나란히 있는 두 무덤을 보며 "우리도 죽으면 저렇게 같이 묻힐까?"라는 말을 하는 두 사람. 그들의 모습은 불안하지만 뜨겁고, 무모하지만 완벽하다.

이렇게 찬란했던 봄날이 계속될 것 같았지만 여자는 남자에게 헤어지자고 말한다. 그 말을 들은 남자는 낮은 음성으로 읊조리듯 내뱉는다.

"어떻게 사랑이 변하니."

〈봄날은 간다〉는 영원할 것 같던 사랑이 끝나는 맨얼굴을 보여주는 영화다.

사랑을 시작하는 모든 사람은 지금의 사랑이 영원할 것임을 믿어 의심치 않는다. 당연하다. 그 누구도 이별을 염두에 두고 연애를 시작하지 않는다. 생각만 해도 가슴이 뛰고 하루라도 보지 않으면 죽을 것 같은데 어떻게 이별을 떠올리겠는가?

그런데 언제부터인가 나를 대하는 그의 태도가, 그를 대하는 나의 태도가 달라졌다. 우리는 분명 서로를 미치도록 사랑했는데, 지금 내 옆의 그가 낯설게 느껴진다. 바라보는 것만으로도 내 심장을 뛰게 했던 그 사람은 어디로 간 걸까? 우리의 사랑은 왜 변했을까?

사랑, 900일의 폭풍

사랑은 무슨 감정일까? 생각만 해도 가슴이 뛰고, 조금만 떨어져 있어도 미칠 듯이 보고 싶고, 그 사람을 위해서라면 무슨 일이든 참을 수 있는 열정이 사랑일까?

과학은 사랑을 호르몬의 왕성한 작용이라고 표현한다. 사랑에 빠진 우리의 뇌는 이유 없이 들뜨고 기분이 좋아지는 엔도르핀, 저절로 웃음이 나오고 가슴이 콩닥콩닥하게 만드는 도파민, 이성이 마비되고 흥분과 긴장으로 우리 눈에 콩깍지를 씌우는 페닐에틸아민과 같은 호르몬이 왕성하게 분비되기 때문이다. 사랑에 빠진 사람들이 구름 위를 걷는 것 같은 기분이라고 말하는 것이 과언은 아닌 셈이다.

그런데 이런 호르몬이 계속 분비되면 우리 몸의 감각 기능을 담당하는 대뇌에 항체가 만들어져 더는 이런 감정을 느끼지 못한다고 한다. 그래서 과학자들은 사랑의 유효기간을 보통 18개월, 길어야 3년을 넘기지 못한다고 말한다. 미국 코넬대학의 신시아 하잔(Cynthia Hazan) 교수는 5천 명의 연인을 대상으로 상대를 사랑하는 감정을 느끼는 기간을 연구했다. 그 결과 열정적으로 사랑하는 기간은 길어야 30개월 정도이며, 사랑에 빠진 후 1년이 지나면 그 열정이 50%까지 떨어진다고 발표했다. 그녀는 이를 가리켜 '900일간의 폭풍'이라고 표현했다. 사랑은 정말 3년이면 사라지는 화학작용에 불과한 것일까?

실제로 아무리 설레던 만남도 반복되면 그저 일상이 된다. 너무나 익숙한 편안함은 때때로 지루하기도 하다. 때문에 세기의 사랑이라 불리던 커플도 헤어지거나 이혼한다. 어떤 시련도 견뎌낼 것 같던 사랑이 권태기 앞에서 힘없이 무너지고 마는 것이다. 사랑은 이렇게 부질없는 것일까?

사랑이 식었다

권태기란 반복되는 일상적인 연애에 싫증을 느끼고 감정이 시들해지는 것이다. 특별히 정해진 기간에 찾아오는 것은 아니고 성별을 가리지도 않는다. 연애를 해본 사람이라면 누구나 한 번쯤은 '사랑이 식었다'라는 감정을 느낀다. 그때가 바로 권태기에 접어든 것이다. 권태기를 맞이했다고 해서 모두가 이별을 하는 것은 아니다. 연인 관계에서 누군가가 권태기를 느끼면 그것을 이겨내기 위해 노력한다. 이 함정을 잘 피한 사람들은 조금 더 단단해진 관계를 이어나가고, 극복하지 못하면 이별로 이어진다.

주변을 둘러보면 권태기의 함정을 잘 이겨낸 사람들이 많다. 미국 뉴욕주립 대학 심리학과 아서 애런(Arthur Aron) 박사는 결혼 21년 차임에도 여전히 서로를 사랑한다고 말하는 부부의 뇌 영상이 이제 막 사랑을 시작한 커플의 뇌와 거의 동일했다고 밝혔다. 더욱 놀라운 것은 우리 몸에 사랑의 유효기간을 늘려주는 호르몬이 존재한다는 그의 연구 결과다. 여자에게는 옥시토신이, 남자에게는 바소프레신이 그런 역할을 한다는 것이다. 옥시토신은 관계에서 친밀감과 모성애를 형성하도록 도울 뿐 아니라 신뢰감도 키워준다고 한다. 한편 바소프레신은 바람기를 잡아준다고 한다.

미국 대초원 지대에 서식하는 수컷 프레리 들쥐는 평생 한 마리의 암컷하고만 짝짓기를 하는 일부일처제를 유지한다. 반면 수컷 메도 들쥐는 애착 관계가 없고 일부다처제다. 두 들쥐의 차이점은 바소프레신이라는 호르몬이다. 메도 들쥐는 바소프레신 수용체가 없어 틈만 나면 새로운 암컷을 찾아 나선다고 한다. 실제로 메도 들쥐에게 바소프레신 수용체를 주입하고, 프레리 들쥐에게는 바소프레신을 차단하는 약물을 주입하자 완전히 다른 모습을 보였다. 바람둥이였던 메도 들쥐가 일부일처제의 충실한 아버지로 변하고 금실이 좋던 프레리 들쥐는 사이가 틀어져 버린 것이다.

다행히도 옥시토신과 바소프레신은 사랑에 빠지면 급격히 분비되다 18개월이 지나면 조금씩 줄어들다가 말라버리는 호르몬과 달리 평생을 꾸준히 분비된다고 한다. 그러니 사랑의 유효기간이 길어야 3년이라는 말만 믿고 권태기가 찾아온 연인에게 섣불리 이별을 선언해서는 안 된다. 넓고 깊은 사랑은 열정이 식어갈 즈음 서로에 대한 믿음으로 다시 시작하는 사람들만 누릴 수 있는 특권이니 말이다.

수십 년을 해로한 노부부의 사랑이 언제나 달콤하진 않았으리라. 그럼에도 그들이 오랜 시간 함께 세월을 건너올 수 있었던 것은 사랑의 온도 덕분이다. 그것은 달콤한 것도 뜨거운 것도 아니다. 따뜻하고 푸근한 것이다. 언제 손을 내밀어도 한결같은 온도로 편안함을 준다. 그뿐이다.

연애의 온도

사람은 항온 동물이다. 항상 일정한 온도를 유지해야 산다는 것이다. 외부의 온도가 변하더라도 적정 체온을 유지하기 위해 대사를 조절해야 살 수 있다. 그렇지 않으면 병에 걸리거나 생명이 위험하다.

일반적으로 우리 몸은 체온이 39도를 넘기면 두통과 어지러움 증상이 나타나면서 쓰러진다. 체온이 1도 이상 내려가면 오한과 떨림 증상이 나타날 수 있다. 체온이 42도까지 올라가면 뇌 손상이 오고 몸은 죽음을 기다린다. 체온계 눈금이 42도까지밖에 없는 것도 이 때문이다. 반대로 체온이 32도까지 내려가면 저체온증으로 신체 기능이 떨어지면서 의식을 잃고 사망한다. 살기 위해서는 체온을 일정하게 유지해야 한다.

사랑도 마찬가지다. 연애에는 정해진 적정 온도라는 게 없다. 누구와 어떤 연애를 하느냐에 따라 다르기 때문이다. 다만 어떤 관계든 두 사람에게 알맞은 연애의 온도가 존재한다. 연애를 시작한다는 것은 두 사람에게 적당한 온도를 찾아 나선다는 것이기도 하다. 두 사람만의 적정 온도를 찾았다면 이제 그 온도를 지속하는 방법을 함께 만들어야 한다.

항온 동물인 우리의 사랑 또한 변온이 아니라 항온이다. 격정적으로 시작해서 서로에게 상처 주지 않을 만큼의 적당한 온도로 맞추어 늘 따뜻하게 지속하는 것. 어쩌면 이것이 사랑의 진짜 모습일지도 모른다. 급격히 식어버린 사랑의 온도를 다시 적당한 두 사람의 온도로 끌어올리는 것, 이를 위한 노력이 권태기라는 함정에서 빠져나올 수 있는 유일한 방법이 아닐까?

사랑은 핑퐁처럼

사람이 성장하듯이 사랑도 성장한다. 경험이 사람을 변화시키듯이 사랑도 할수록 변화한다. 따라서 두 사람이 함께 변화의 보폭에 맞춰 걸어갈 때 사랑이 유지된다. 어느 한쪽이 너무 앞서가거나 뒤처지면 잡은 손을 놓치고 만다. 마찬가지로 한 사람의 감정은 날로 뜨거워지고 다른 사람의 감정은 점점 식어버린다면 사랑의 축이 흔들린다. 한번 흔들린 균형을 방치하면 무너지는 결말밖에 없다.

권태기는 우리의 사랑을 변온에서 항온으로 개선해야 할 순간이 왔음을 알리는 것이다. 그것은 단순히 사랑의 끝이 아니라, 우리 사랑이 이제 다음 단계로 나아갈 준비를 해야 할 순간이 왔음을 뜻한다. 일종의 자격시험 같은 것이다.

우리의 신체가 항온을 유지하기 위해 많은 에너지를 사용하는 것처럼, 사랑이 적절한 온도를 유지하려면 많은 노력이 필요하다. 이것은 결코 한 사람의 힘으로만 이루어지지 않는다. 사랑은 언제나 쌍방향이다. 시작도, 과정도, 이별도 한쪽이 결정할 수 있는 게 아니다. 그러니 한쪽의 애정만으로는 권태기를 뛰어넘을 수 없다.

따라서 상대의 변화를 무작정 참으며 받아주는 것은 사랑을 위험하게 만든다. 한쪽으로만 계속 기우는 관계를 만들기 때문이다. 반대로 조금도 나를 포기하지 않는 것 역시 바람직하지 않다. 이것은 그를 과도하게 밀어붙이는 것이기 때문이다. 평풍처럼 열정과 노력을 주고받는 커플만이 가장 안전한 항온을 유지할 수 있다.

물론 이 관문을 통과한다고 사랑이 완전해지는 것은 아니다. 어쩌면 너무나 편안해져 버린 관계에 식상함이라는 또 다른 함정을 맞닥뜨릴지도 모른다. 그러나 본래 이상(理想)이란 현실에서 이루어질 수 없는 이상(以上)이기 때문에 동경의 대상이 되는 것이다. 권태기의 관문을 거쳤다 하더라도 두 사람이 함께 나아갈 사랑에는 여전히 수많은 함정들이 도사리고 있을 것이다. 빠르게 뛰는 심장과 따뜻하게 맞잡은 손, 무엇이 함정을 이겨낼 힘이 되어줄까?

사랑의 시작이 둘이었던 것처럼, 사랑의 전개도 항상 두 사람이 함께해야 한다. 여기서 돌아설 것인지, 함께 새로운 관문으로 나아갈 것인지. 선택은 우리의 몫이다.

연애에도 기회비용이 있다

연애의 시작을 알리는 마법의 주문이 있다면 아마도 '오늘부터 1일'이라는 말이 아닐까? 서로에게 호감을 느껴도 이 주문을 던지지 않으면 '썸남 썸녀'일 뿐 연인은 아니다. 주문을 외치는 순간 두 사람은 서로를 향해 마음껏 다정함을 보낼 수 있는 연인이 된다.

하지만 안타깝게도 이 주문이 주는 달콤함은 유효기간이 매우 짧다. 사랑을 시작하는 동시에 불안이라는 감정이 두 사람 사이에 조금씩 피어오른다.

'혹시 나 혼자만 이렇게 좋아하는 거 아냐?'

'내가 너무 좋아하는 티를 내서 나한테 질릴지도 몰라'

'왜 카톡 답장이 이렇게 늦지?'

'어디서 뭘 하길래 전화도 안 받는 거야.'

우리는 누군가에게 애착을 느끼게 되면 상대와의 관계에서 언젠가는 버림받을지도 모른다는 '유기 불안'을 느끼게 된다. 사전적 의미로 '유기'는 내다 버림을, '불안'은 마음이 편하지 않고 조마조마하다는 뜻을 가지고 있다. 그러니 상대가 나를 버릴 것 같다는 조마조마한 마음인 유기 불안이 한번 발동하면 예전에는 별문제 없이 넘어가던 행동도 의심을 키우고 그것이 두려움, 분노라는 감정을 자극한다. 그러는 사이 불안은 어느새 내 마음속에서 사실로 단단하게 굳어지고 걷잡을 수 없이 커져 버린다.

두 사람을 연인으로 만들어주는 주문의 위력은 더할 수 없이 세지만, 세상 어디에도 절대적인 마법은 존재하지 않는 법. 《해리포터》의 위대한 마법사들조차 어찌할 수 없었던 것이 바로 사랑이다. 해리 포터의 부모인 릴리와 제임스, 그리고 스네이프의 삼각관계가 결국 후대의 혼란을 가져왔다는 사실을 기억한다면 이 말에 고개를 끄덕일 것이다. 결국 어떤 주문도 절대적일 수 없기에 사랑을 둘러싼 우리의 불안도 시간과 함께 쌓일 수밖에 없다.

사랑은 불안을 감당하는 것이다

그래서일까. 어떤 이들은 불안이 싫어서 연애를 하지 않는다고 외치기도 한다. 연애의 설렘보다 공포가 더 크기 때문이다. 누군가로 인한 불안과 초조로 일상을 망치고 싶지 않다는 이유로 혼자가 되는 길을 선택하는 이들은 꽤 많다. 그들에게 연애는 행복이 아닌 불행으로 가는 감정의 급행열차 같은 것이다.

그런데 이러한 태도는 진실을 외면하는 것에 불과하다. 불안의 밑바탕에는 '오인(誤認)'이라는 녀석이 존재한다. 풀어쓰면 '잘못된 생각'이라는 이 녀석은 주로 내가 이 연애를 불안해하는 이유가 상대방 때문이라고 여기도록 만든다. 그러니까 상대의 행동이 나에게 불안을 불러일으키는 결정적인 이유라고 여기는 것이다. 이는 커다란 착각이다. 의처증이나 의부증은 자기 불안의 이유와 책임을 배우자에게 떠넘기는 데서 생겨난다. 우리는 연인을 향한 내 감정의 깊이와 상관없이 불안의 주체가 온전히 자기 자신이라는 것을 인정해야 한다.

내 인생에서 10%도 차지하지 않는다고 생각했던 것이 우리 삶의 중요한 순간들을 바꿔놓는 경우가 얼마나 많은가? 그중에서도 가장 특별한 변수를 하나 꼽자면, 아마도 그것은 사랑일 것이다. 그러니 불안하다고 사랑을 포기하지는 말자.

절대로 변하지 않는 사랑의 조건은 한 사람이 아니라 두 사람이 참여해야만 한다는 것이다. 그리고 두 사람 모두 시간, 돈, 감정 등 수많은 것에 흔들리는 존재다. 어떤 이유로든 내 마음이 흔들렸다면 그의 마음도 흔들렸을 것이다. 또한 우리는 누구의 마음도 완전하게 꿰뚫어 볼 수 없다. 내 마음도 아직 잘 모르는데 연인의 마음을 어떻게 다 알 수 있겠는가. 그러니 서로 사랑하자고 약속한 이 관계가 불안하고 나를 힘들게 하는 것이 당연하다. 사랑한다는 것은 불안을 감당하는 일이다. 인생에서 중심을 잡고 원하는 것을 이뤄나가는 빛의 순간이 있다면, 그 중심이 흔들리기 시작하는 어둠의 순간도 존재한다. 사랑이 빛나는 순간이 찾아

오고 난 뒤에는 그 빛이 위협을 받아 불안을 느끼는 순간
도 있다. 사랑과 인생은 이렇듯 완전함과 불완전함의 연속
으로 점철되어 있다.

사랑을 키우는 건 8할이 불안

그래도 불안을 해결할 방법이 있지 않을까? 이 세상에 수
많은 커플들이 행복하게 연애를 이어나가는 모습을 보면
어떻게든 사랑에서 오는 불안을 없앨 수 있을 것도 같다.
사실 불안을 해소하는 방법은 단순하다. 근본적인 문제를
해결하면 된다. 누구와도 연애하지 않는 것이다. 누군가와
감정적으로 얽히지 않으면 일단 그 사람의 감정에 신경 쓸
필요가 없고, 불안도 따라오지 않는다.

하지만 마음이란 녀석은 내 의지대로 멈출 수 있는 게 아
니다. 나도 모르게 누군가를 자꾸만 바라보고 신경 쓰게
되는 것은 막을 수가 없다. 내 의지로 빠지는 게 아니라 나
도 모르게 빠져버리고 마는 것이 사랑이다. 더구나 그 상대
가 나와 같은 감정이라는 사실을 알면 이미 두 사람의 관계

는 운명이라고 받아들인다. 이때는 앞으로 나를 잠식할지도 모르는 불안 따위는 안중에도 없다.

비극은 여기서 시작된다. 서로에게 충만한 마음을 알면서도 우리는 여전히 불안을 느끼는 것이다. 감정이라는 영역은 너무 많은 가면을 쓰고 있어서 우리는 때때로 자기감정조차 오인한다. 그러니 다른 사람의 감정에 확신을 갖는다는 것은 얼마나 어려운 일인가. 이제 우리는 사랑의 8할은 불안이며 관계를 이어나가기 위해서는 내가 상처받을 수 있다는 위험을 감수하고서라도 상대에게 다가가야 한다는 것을 받아들여야 한다. 이처럼 누군가를 사랑하는 일은 행복한 동시에 위험한 것이다.

우리는 사랑과 불안을 따로 떼어놓고 생각하는 잘못을 저지른다. 그래서 사랑함에도 불안해하는 자신에게 죄책감을 느낀다. 시간이 흘러 불안과 자괴감이 더 커지면 나에게 확신을 주지 못하는 그를 탓한다. 우리가 연인에게서 불안을 느끼는 이유는 그와의 관계가 소중하기 때문이다. 그래서 모든 것을 알고 싶고 잃고 싶지 않은데 그럴 수 없어 불안해한다.

우리는 내 앞의 상대가 늘 좋은 모습만을 보여줄 수 없으며 때로는 나쁜 모습을 보일 수도 있음을 받아들여야 한다. 그렇지 못하면 상대의 작은 잘못이나 실수에도 나를 싫어한다는 불안을 키워 스스로를 관계의 두려움 속에 가둬버리고 만다.

불안은 엄청난 사랑 고백이다

그와 연애를 시작한 후 하루하루 불안에 시달렸다면? 불안을 견디며 사랑을 이어나가는 사람도 있지만, 그로 인해 결국 이별을 맞이하는 사람들도 있다. 그들 중 누군가는 불안에서 오는 고통 때문에 연애와 완전한 이별을 선언하기도 한다. 불안이 불러일으키는 감정 착취에 나가떨어지고 만 것이다.

하지만 연애에서 오는 불안은 감정 착취가 아니라 일종의 기회비용이다. 적어도 진정성 있는 연애라면 시작과 동시에 불안이 저절로 따라와야 한다. 불안 없는 연애는 상대에게 아무런 관심도 없다는 것과 같은 말이다. 따라서 누군가로 인해 불안하다는 것은 사실 엄청난 사랑 고백이기도 하다.

이 복합적인 감정을 이겨내고 얻은 신뢰는 두 사람 사이를 더욱 성숙하고 견고하게 만들어줄 것이다. 때문에 모든 연애는 위험 감수(risk taking)와 같다.

이처럼 우리는 엄청난 불안에 시달리면서도 사랑을 놓지 못한다. 동시에 사랑이라는 이 신비한 마법이 계속해서 실현되기를 끊임없이 욕망한다. 이처럼 가장 쉬운 것 같으면서도 가장 어려운 것. 우리가 욕망하는 모든 것의 이름이면서도 불안이라는 작은 입김에도 한없이 흔들리는 것, 그것을 사랑이라 부른다.

지금 당신의 사랑은 어떠한가? 불안에 잠식당할 것인가, 아니면 그것을 용기 있게 수용할 것인가? 사랑에서 피어난 불안을 솔직하게 인정하고 마주할 때 불안에서 조금씩 벗어날 수 있다. 연인과의 관계에서 불안을 느끼는 자신을 질책하기보다 '내 시선이 또 그에게만 향해서 이런 마음이 들었구나'라고 생각하자. 내 생각과 행동을 비난하지도, 편을 들어주지도 말고 중립의 시선에서 바라보는 것이다. 그렇게 불안에 관한 마음을 조금씩 바꿔나가자.

마음이 한순간에 바뀌는 일은 불가능하다. 힘들더라도 내 마음이 단단해질 때까지 몇 번이고 불안에 부딪히는 연습을 계속하는 수밖에 없다. 그러다 보면 어느 순간 지금껏 불안하던 것들도 초연하게 넘길 수 있도록 천천히 변할 것이다.

나는 질투한다, 고로 사랑한다

우리는 사랑을 욕망하기에 언제나 불안해하고, 그래서 질투한다. 실체가 없는 사랑보다 대상이 분명한 질투가 더 확실한 것처럼 보이기 때문이다. 적어도 질투하는 순간만큼은 사랑이 존재하는 것처럼 느껴진다. 질투가 연애의 필요악인 이유가 여기에 있다.

인류는 남녀관계에 긴장을 주기 위해 질투라는 감정을 개발했다. 때문에 질투는 연인들이 넘어야 할 장해물 중 하나지만 때로는 질투라는 감정이 필요하기도 하다. 연인 사이의 적당한 질투는 관계를 더욱 단단하게 만들어준다. 연인에게 내가 아닌 다른 무언가가 더 특별하고 소중하다고 느껴질 때 우리는 질투한다. 그때 '내가 이 사람을 이렇게 좋아하는구나'라고 깨닫는다. 평소라면 웃어넘길 수 있던 행동에도 서운함과 질투를 느끼면 그만큼 사랑받고자 하는 욕망이 생긴다. 이처럼 적당히 가벼운 질투는 서로를 향한 마음을 확인시켜주는 조미료 역할을 한다.

다만 질투는 언제라도 연인들의 관계를 돌이킬 수 없게 만드는 판도라의 상자와 같다. 적절한 긴장감을 주는 질투는 서로에 대한 관심으로 이어진다. 하지만 그것이 의심으로 발전하면 집착이 되고 이별의 원인이 된다. 질투는 불안한 마음에서 생겨난다. 서로에게 불안을 느낀다는 것은 그만큼 친밀도가 낮다는 것이다. 두 사람의 가치관과 서로를 향한 신념, 그리고 솔직한 마음이 제대로 공유되지 않을 때 불안이 생겨나고, 질투로 이어진다.

이럴 때는 상대에게 솔직해지는 시간을 갖는 연습이 필요하다. 불안의 원인이 무엇인지 함께 찾고, 두 사람이 서로에게 사랑받고 있음을 확인해야 한다. 그다음에는 상대에 대한 관심을 잠시 내려놓고 나 자신과의 관계에 집중하자. 그러기 위해서는 스스로를 신뢰하고 긍정해야 한다. 이 모든 과정을 지나온 다음에야 우리의 불안은 비로소 정당해진다. 그리고 이렇게 말할 수 있다. 나는 질투한다, 고로 사랑한다.

사랑도 적립이 되나요?

기브 앤드 테이크로 만난 사이

사람과 사람 사이의 거리는 좀처럼 쉽게 헤아려 볼 수 없다. 지나치게 가까워진 듯하다가도 어느 순간 한없이 멀어지는 것이 인간관계이기 때문이다.

인간관계의 승자가 되는 길이 존재한다면 아마도 그것은 바로 '기브 앤드 테이크(Give and Take)'를 적절하게 유지하는 것에서 시작될 것이다. 어떤 관계든 주고받는 것이 비슷해야 그 관계가 오래도록 유지될 수 있다. 실제로 사적인 관계든 사회적 관계든 이 '기브 앤드 테이크'만 잘해도 좋은 평판을 유지할 수 있다.

그런데 이 균형이 이루어지기 가장 힘든 영역이 바로 연애다. 탄탄한 인간관계의 밑바탕이 되는 '기브 앤드 테이크'라도 연애에 있어서만큼은 맥을 못 추는 경우가 많다. 이 기술이 전혀 통하지 않는 이유는 무엇일까?

온전히 나를 위한
마음이 필요하다

연애는 서로에 대한 호감과 애정을 전제로 한다. 연애는 상대를 나의 삶 속 깊숙이 받아들이는 생애 가장 강렬한 순간이다. 이 관계는 서로에 대한 배려와 그로 인한 자기희생도 감수할 것을 암묵적으로 받아들이는 것이기도 하다. 매 순간 상대를 나보다 우선순위에 놓는 것을 당연하게 여기는 관계다. 마찬가지로 상대에게 나를 그의 우선순위에 놓아줄 것을 당당하게 요구할 수 있는 관계이기도 하다. 여기에는 일대일의 평등함을 나눌 수 있는 정확한 중간지점이 존재하지 않는다. 그리하여 이 연애를 보다 오래 지속하기 위해 두 사람 사이의 기우뚱한 균형을 맞춰가기 위해 노력해야 한다. 서로가 그 노력을 멈추지 않을 때 완벽한 연애라는 환상도 현실이 될 수 있다.

암스테르담 자유대학교 프란체스카 리게티(Francesca Righetti) 교수는 125쌍의 연인을 대상으로 실험을 했다. 그들은 2주간 연인의 희생과 배려를 기록하고 고마운 마음을 점수로 매겼다. 그런데 연인이 많은 희생을 했다고 그만큼 더 큰 고마움을 느끼는 것은 아니라는 실험 결과가 나왔다. 그 이유는 연인의 배려와 희생이 온전히 나를 위한 것이 아니며, 그만큼의 대가를 바란 행동이라고 생각하기 때문이라는 것이다. 마치 거래를 하듯 내가 가진 것을 내어주고 상대가 나에게 줄 것을 기대하는 경우 그것을 희생이라기보다 기브 앤드 테이크라고 여겼다. 그보다는 오히려 아주 작은 희생이라도 그것이 온전히 나를 위한 배려라고 느껴질 때면 커다란 고마움과 감동을 느꼈다.

이렇듯 연애에서 서로 주고받음이 균형을 이루어야 한다는 '기브 앤드 테이크'는 오히려 지나치게 계산적인 것처럼 느껴진다. 사랑이라는 감정의 무게가 그리 쉽게 잴 수 있는 것이 아니니 말이다.

기브 앤드 테이크의 비극

연애 기간이 길어질수록 두 사람의 관계는 안정권에 들어선다. 감정의 흔들림 없이 편안한 사이를 유지하는 대신 연애 초기에 느꼈던 설렘은 반납하게 된다. 서로의 존재가 일상처럼 익숙해지면서 긴장감도 점차 사라진다. 하지만 지나친 안정감은 관계를 늘어지게 만든다. 이때는 조금만 삐끗해도 권태기가 찾아온다. 애써 탄탄하게 쌓아 올린 관계가 무너지지 않도록 연인들은 잠시 잊고 지냈던 서로를 향한 뜨거운 애정을 다시 확인하고자 이벤트를 준비한다.

문제는 많은 사람들이 이벤트를 단지 '기브 앤드 테이크'로서 활용한다는 것이다. '연애'와 '기브 앤드 테이크'는 끊임없이 서로를 밀어내는 상극이다. 연인 사이에서 이벤트는 해주는 사람이 아니라 받는 사람이 주인공이다. 그런데 이벤트에 '기브 앤드 테이크'를 적용하면 이벤트의 의미가 변질되고 만다. 이벤트를 받은 사람의 기쁨보다 연인을 위한 나의 노력에 집중하면서 이벤트의 주인공이 자기 자신이 되어버린다. 그 순간 이벤트는 마음 전달이 아니라 투자로 전락한다. 자기 과시와 자기만족의 함정에 빠져버린 이벤트에 연인을 위한 배려는 존재하지 않는다. 실제로 '사랑하는 사람을 위해 이벤트를 준비하는 나'에 심취한 나머지, 준비 기간 동안 연인에게 소홀해 오히려 실망을 안겨주는 경우도 많다.

이뿐만이 아니다. 이벤트가 한 방향으로만 전달되는 것역시 같은 문제를 일으킨다. 한 사람은 늘 준비하고 한 사람은 늘 받기만 한다면, 그것은 더 이상 연인 사이의 이벤트가 아니다. 준비하는 사람에게만 주어진 정신적·육체적 노동에 불과하다. 지금 옆자리의 연인을 돌아보라. 혹시 그에게 특별한 노동을 강요하고 있는 것은 아닌가?

마일리지만 쌓지 말고
지금 사랑을 나누자

연애 관계에서 주고받는 모든 것은 서로에 대한 감정에 기반한 것이다. 그런데 우리는 연인 사이에서 생겨나는 감정이 일종의 마일리지처럼 축적될 수 있다고 착각한다. 이 착각은 많은 문제를 불러일으킨다.

마일리지는 원래 전체 이동 거리를 뜻한다. 항공사 간 경쟁이 심해지면서 승객의 이동 거리에 따라 포인트를 적립해 주고 좌석 업그레이드나 무료 탑승 서비스를 제공했다. 이 방식이 일반 소매점에도 정착하면서 이제 마일리지는 쌓아 두면 나중에 공짜 서비스를 이용할 수 있는 적립금이나 포인트처럼 여겨진다.

물론 연애에도 다양한 형식의 자산이 오간다. 시간과 노력을 바쳐야 하고 함께 즐거움을 누리는 데 돈을 지불해야 하며, 때로는 물건을 주고받기도 한다. 그럼에도 우리는 이 관계를 일반적인 비즈니스 거래나 '내 것'과 '네 것'을 확실하게 구분하는 사교 관계처럼 여기지 않는다. 연애는 감정을 밑바탕으로 이루어진 관계이기 때문이다. 서로에 대한 호감과 애정은 연애 관계를 성립시키는 절대적인 연결고리다. 그 감정들이 사라지는 순간 이제껏 오고갔던 모든 것의 의미 역시 함께 소멸한다.

헤어진 뒤 상대에게 받은 것을 깔끔하게 정리해 다시 돌려주는 사람도 많다. 그러나 곰곰이 생각해보라. 진정성 있는 애정으로 연결되어 있던 연애라면 물건 정리만으로 관계까지 정리할 수는 없다. 설사 연인에게서 받은 상처와 실망이 애정을 압도할 만큼 크다고 해도 함께 쌓은 시간과 추억의 무게가 한순간에 해소되긴 힘들다.

　다만 확실한 것은 두 사람이 헤어지기로 결심한 순간, 그들이 이제껏 함께 쌓아온 모든 유무형의 가치 있는 것들이 한순간에 아무것도 아닌 것이 되어버린다는 사실이다. 그것들은 두 사람이 함께할 때만 가치를 지닌다. 다른 누군가와 다시 나눌 수 있는 것이 아니기 때문이다. 다른 사람과는 새로운 가치를 쌓아나가야 한다. 예전 연인과 만들었던 의미 있는 것들을 새로운 관계에 끌어들이는 것은 상대에 대한 예의가 아닐뿐더러, 두 사람 사이를 견고하게 이어주던 것들을 스스로 풀어버리겠다는 생각과 다르지 않다.

　결국 연인을 향한 자신의 감정, 그리고 거기에서 탄생한 모든 가치 있는 것들의 공유를 '기브 앤드 테이크'로 생각하는 것만큼 어리석은 일은 없다. 그 순간 자신의 기브(give)를 헌신이라 여기며 마일리지 쌓듯 돌아올 테이크(take)를 기대하기 때문이다. 미래에 돌아올 이익을 따져보고 행동하는 것은 비즈니스 관계지 연애 관계가 아니다. 지금 당장 서로의 현재를 공유하며 두 사람 사이의 모든 것을 나누는 관계를 맺어야 한다.

더구나 마일리지의 본질적인 의미를 알면 그것이 연애와 결코 어울릴 수 없음을 알게 된다. 기본적으로 마일리지는 미래를 위한 가치라는 점에서는 긍정적이다. 하지만 모든 마일리지는 지금의 혜택이나 이득을 어느 정도 포기한 데 따른 보상이다. 따라서 감정을 마일리지 쌓듯 비축해두고 나중에 그것을 꺼내 쓰려는 기대를 하는 것은, 두 사람의 지금을 충실하지 않겠다는 뜻이다. 우리가 맞이하는 모든 순간은 꼭 한 번뿐인 처음이다. 스무 살의 사랑도, 서른 살의 사랑도, 어제의 사랑도, 오늘의 사랑도, 내일의 사랑도 모두 그 순간에는 처음이다. 누구에게나 처음은 어렵다. 그러니 지금 누군가 내 옆에 있다면 각자의 삶에서 가까스로 맞이한 이 사랑에 보다 충실하자. 지금 행복하지 않은 연애는 앞으로도 행복할 수 없다. 감정의 마일리지를 쌓기보다 지금의 사랑을 나누자.

사랑 자체로 충만할 만큼의 연애

　그렇다면 연애에서 '기브 앤드 테이크'는 무조건 제외해야 하는 걸까? 꼭 그렇지는 않다. 연인 관계에서 '기브 앤드 테이크'가 문제를 일으키는 경우는, 자신이 상대에게 무엇을 해주었는가에만 집중할 때 발생한다. 이런 사람들은 늘 자신이 받은 것보다 상대에게 해준 것이 더 많다고 생각한다. 마치 누가 더 많은 것을 주었고, 누가 더 많이 희생했는지를 서로 경쟁하는 것과 같다. 단 한 번이라도 이런 생각을 했다면 기대의 방향을 바꿔야 한다. 서로의 역할과 희생을 비교하는 순간 관계에서 주도권을 가지려는 싸움이 시작되기 때문이다. 이 다툼에 발을 들여놓았다면 관계는 이별을 향해 간다.

더 단단하고 지속 가능한 연애를 하려면 기대와 희생의 방향을 바꾸자. 방향을 바꾼다는 것은 내가 무엇을 해주었느냐가 아니라 그가 나에게 무엇을 해주었는가에 주목하는 것이다. 그로 인해 내가 행복했다면 상대의 테이크(take)에 맞춰 나는 어떤 기브(give)를 해줄 것인지 고민해야 한다.

이런 방식으로 양쪽 모두 노력할 때 비로소 '기브 앤드 테이크' 법칙이 연애 관계에서 제 역할을 한다. 동시에 어느 한 사람이라도 이 법칙의 균등함에 집착한다면 오히려 균형이 깨진다는 것을 잊어서는 안 된다. 최상의 '기브 앤드 테이크'는 두 사람이 서로에게 줄 수 있는 것(give)에 더 많은 가치를 부여할 때 이루어진다. 결국 '받은 사랑의 어느 만큼을 더 많이 돌려줄 수 있을까? 무엇을 더 배려해줄 수 있을까? 그것으로 인해 나는 얼마나 더 행복할 수 있을까?'를 생각할 때 우리는 좀 더 행복한 연애를 할 수 있다.

지금 내 감정을 마일리지로 쌓아두려 하지 말자. 게다가 마일리지에는 유효기간이라는 장해물이 있다는 걸 잊어서는 안 된다. 카페에서 커피를 한 잔씩 마실 때마다 찍어주는 쿠폰 도장의 유효기간은 고작 1년이다. 아무리 열심히 모아도 1년이 지나면 모든 가치가 사라진다. 연애 마일리지에는 명확한 유통기한은 없지만 커피 쿠폰 도장보다는 훨씬 빠르게 소멸될 것이다. 1년이나 자신의 감정을 쌓아두며 기다릴 수 있는 사람은 많지 않으며, 뒤늦게 쌓인 감정을 보상받으려는 당신을 이해해줄 상대도 없다. 그러니 연애에 있어서만은 소멸되기 전에 바로 마일리지를 써버리는 것이 가장 이득이다. 지금 내 곁의 연인을 위해 최상의 감정을 소비하자. 그것이 당신의 연애를 행복하게 만드는 비법이 될 것이다.

로맨스는 별책부록이 아니다

결혼은 계약이다

"인생은 B(Birth)와 D(Death) 사이의 C(Choice)다"라며 우리가 태어나 죽을 때까지 수많은 선택에 놓인다고 말한 프랑스 철학자 장 폴 사르트르(Jean Paul Sartre).

"우리는 여자로 태어나는 게 아니라 여자로 만들어진다"라며 주체적인 삶을 살았던 작가 시몬 드 보부아르(Simone de Beauvoir).

1931년, 군 복무를 앞둔 청년 사르트르는 "우리 2년간 서로 계약을 맺읍시다"라며 보부아르에게 청혼했다.

"계약이라뇨?

"결혼 말이오. 서로를 존중하되 자유를 침해하지 않으며 결혼 생활을 할 수 있는 계약 조건을 만듭시다. 우선 2년 동안 살아보고 재계약을 할지 결정하는 거요."

"좋아요."

두 사람은 그렇게 부부가 되었다.

사실 보부아르는 이미 한 차례 사르트르의 청혼을 거절한 상태였다. 그녀는 사르트르를 사랑했지만 아이에게 젖을 물리고 기저귀를 갈아주며 자식의 노예가 되어 살아갈 생각이 눈곱만큼도 없었다. 사르트르 역시 권위적인 아버지로 살아가고 싶은 생각이 없었다. 그래서 두 사람은 계약 결혼이라는 파격적인 선택을 했다. 여기에는 파격적인 계약 조건도 뒤따랐다.

첫째, 서로 사랑하고 관계를 지키는 동시에 다른 사람과 사랑에 빠지는 것을 허락한다.

둘째, 상대에게 거짓말을 하지 않으며, 외도 사실까지도 모두 포함해 어떤 것도 숨기지 않는다.

셋째, 경제적으로 서로 독립한다.

결혼으로 맺어진 관계에 충실하되 서로 생활의 자유와

연애의 자유를 보장한다는 게 계약 결혼의 핵심이었다. 두 사람은 독립적인 생활을 위해 같은 호텔의 다른 방에서 지내며 결혼 생활을 시작했다. 1930년대의 프랑스 사회에서 이들의 결혼 방식은 상상할 수 없을 정도로 파격적인 선택으로 받아들여졌다. 2년마다 계약 갱신을 결정하기로 한 두 사람은 사르트르가 죽을 때까지 무려 50여 년간 계약 결혼을 유지했다.

결혼이란 로맨틱하게 말하자면 연애의 완성형이지만 현실적으로 말하자면 사르트르와 보부아르의 결혼처럼 계약이다. 결혼은 혈연으로 연결되지 않은 두 사람을 가족으로 인정해주는 제도다. 이 과정을 거치지 않으면 두 사람의 관계는 법률적으로 인정되지 않는다. 파트너에 대한 인정이 없는 우리나라에서 혈연이 아닌 두 명의 성인이 부부가 될 수 있는 유일한 제도가 바로 결혼이다.

그런데 결혼은 다른 계약과 달리 갑을 관계가 성립되지 않는다. 결혼이 이루어지는 법률이 '계약'이 아닌 '신고'인 이유도 여기에 있다. 혼인 신고의 가능성 유무는 오직 두 당사자의 혼인 의사에 달려 있다. 제삼자의 참여가 불가능하다. 두 사람의 의사만 확실하다면 법은 그저 보증하는 의미에 가깝다. 때문에 혼인신고서만 작성하면 될 만큼 절차가 간단하고 법적인 효력도 즉시 발생한다.

이처럼 주계약자 두 사람에게만 종속되는 것을 허락하는 결혼은 두 사람의 관계가 출발점에서도, 지속 과정에서도 대등해야 한다. 하지만 안타깝게도 이는 결혼에서 가장 많이 훼손되는 가치이기도 하다.

연애에서 결혼까지

오늘날 우리는 연애와 결혼이 개인의 선택이라고 생각하는 시대에 살고 있다. 불과 한 세대 전만 해도 결혼은 필수였다. 게다가 오직 결혼을 전제로 한 연애만이 의미 있다고 믿던 시절도 있었다. 지금으로서는 도저히 믿기지 않는 풍경이지만 말이다. 하지만 정말 놀라운 것은 따로 있다. 연애와 결혼에 대한 가치가 이렇게 크게 변했음에도 결혼 생활에서 오는 갈등은 별다른 변화가 없는 점이다.

결혼이라는 제도 안으로 들어가는 것이 당연하던 분위기가 개인의 신념에 따른 선택의 문제로 바뀌었음에도, 결혼이라는 제도 자체가 가진 모순은 전혀 해결되지 않았기 때문이다. 물론 지금의 20대~30대는 결혼을 자신들의 독립적이고 자율적인 선택으로 여기고 있다. 그러나 결혼을 통해 이런 생각을 가진 이들을 가족으로 받아들여야 하는 50대 이상은 아직 그 변화에 오롯이 적응하지 못했다. 대외적으로는 결혼에 대한 새로운 가치관을 받아들인 것처럼 말하는 사람들조차, 그들의 가정 내에서는 새롭게 탄생한 젊은 부부가 결혼이라는 기존의 가치관에 그대로 편입해줄 것을 요구하는 경우가 많다. 여기서 일차적인 갈등이 생긴다.

문제는 이것만이 아니다. 결혼 당사자가 직접 경험하는 문제도 많다. 결혼이라는 제도에 발을 들이면서 자신에게 가치 있는 소중한 것의 훼손을 목격하게 된다. 대표적인 것이 동등성이다.

연인과 부부는 누구보다 가까운 사이고, 누구보다 많은 것을 공유한다는 공통점을 가진다. 하지만 연인에서 부부가 되면 관계에 변화가 찾아온다. 기본적으로 연애에서 두 사람은 대등한 관계에 있다. 대등한 연애는 한쪽이 일방적으로 끌려가지 않고 상대의 다름을 인정하고 존중해주며 나란히 걷는 관계다. 작게는 매일의 데이트 코스부터 크게는 미래 계획까지, 상대에 대한 배려와 존중이 두 사람의 관계를 유지시켜준다.

그런데 이들이 결혼이라는 제도에 착실하게 자리 잡는 순간 대등한 관계가 조금씩 무너진다. 부부라는 새로운 관계 속에서 '주도권'을 쥐기 위해 배려와 존중을 놓쳐버리는 것이다. 공평하고 대등한 사이에 권력이 끼어들면 서로가 가진 힘을 더 키우려 견제하고 상대를 자신의 소유물처럼 여기게 된다. 결혼 생활의 수많은 갈등이 여기에서 비롯한다.

지금 많은 사람들이 연애의 가치를 결혼에 대한 관심과 기대를 한껏 키우기 위한 과정쯤으로 생각한다. 마치 잡지에 딸린 별책부록 수준으로 여기는 것이다. 이런 생각을 가지고 한 결혼은 두 사람 모두에게 치명적인 상처를 남긴다.

우리는 결혼이라는 제도에 발을 들여놓는 순간부터 연애에서 얻은 가치를 지킬 것을 다짐해야 한다. 서로를 배려하고 존중했을 때 진정으로 상대를 이해할 수 있다는 것을 연애에서 배우지 않았는가. 그 마음을 지켰기에 연인에서 부부가 될 수 있었다는 사실을 잊지 말자.

그런 의미에서 연애는 별책부록이라기보다 색인에 가깝다. 연애 색인 가운데 우리가 지난 연애에서 배운 배려와 존중이라는 카테고리는 결혼 생활에서 크고 작은 갈등이 일어날 때마다 훌륭한 길잡이가 되어줄 것이다.

별책부록 좋다고
책 사던 시절은 끝났다

그러므로 연애를 별책부록 정도로 여기는 기성의 태도가 아직 우리 안에 남아 있는지 확인해보자. 요즘도 그렇지만 예전에는 부록을 받기 위해 잡지를 사는 사람들이 많았다. 잡지사들은 독자들의 관심을 끌기 위해 잡지 가격보다 비싼 화장품이나 패션 아이템 등을 부록으로 붙였고 잡지보다 부록이 더 관심을 받는 역전 현상이 일어나기도 했다. 그런데 부록이 화려한 잡지는 내용이 너무 부실해서 볼품없었다. 게다가 시간이 지나면 어디에 두었는지 기억조차 못 할 만큼 부록은 찬밥 신세가 됐다. 쓸데없이 화려한 부록은 본책의 가치를 오히려 떨어뜨린다.

연애와 결혼도 마찬가지다. 별책부록에 모든 것을 쏟아부으면 정작 본책은 아무런 힘도 갖지 못한다. 연애가 별책부록이 아닌 색인이 되려면 두 사람이 대등한 관계에서 서로의 가치를 지켜주기 위해 노력해야 한다. 어떻게 해야 사랑받을 수 있을까, 상대에게 얼마만큼 사랑받고 싶은가보다 사랑을 줄 수 있는 방법, 상대를 존중하는 방법이 더 중요하다. 그래야 사랑이 지속될 수 있다. 단순히 결혼이라는 제도 안으로 들어가지 않았다고 해서 두 사람의 관계를 가볍게 생각해서는 안 된다. 연애의 경험은 다음 연애로 연결되어 영향을 주며, 만일 두 사람의 관계가 결혼을 통해 연인에서 부부로 바뀐다면 더욱 그러하다. 우리는 두 사람의 관계가 결코 완벽할 수 없다는 것을 인정하고 상대의 말에 귀 기울이고 나 자신을 돌아보는 과정을 거치며 한 권의 훌륭한 색인을 만들어나가야 한다. 본책은 그다음이다.

딸아, 연애를 해라

초판 1쇄 발행 2019년 11월 27일

지은이 류수연
발행인 박영규
총괄 한상훈
편집장 김기운
기획편집 김혜영 정혜림 조화연 **디자인** 이선미 **마케팅** 신대섭

발행처 주식회사 교보문고
등록 제406-2008-000090호(2008년 12월 5일)
주소 경기도 파주시 문발로 249
전화 대표전화 1544-1900 **주문** 02)3156-3681 **팩스** 0502)987-5725

ISBN 979-11-5909-977-9 03810
책값은 표지에 있습니다.